義妹生活 6

三河ごーすと
插畫 Hiten

Kadokawa Fantastic Novels

Days with my Step Sister

Contents

相較於整齊一致的完美冰晶，「永遠」更願意留在融化後所剩的東西裡。

序幕　淺村悠太

深夜的起居室。

為了對抗冬季的寒冷，空調精力充沛地發出聲響。

正在解物理問題集的我嘴裡唸唸有詞，就像要與它唱和一樣。我伸出手往桌上摸索，碰到杯子後連看都沒看就拿起來喝。

——嗯？

發現沒有任何東西流進嘴裡，令我思緒中斷。

咖啡杯已經空了。

我不死心地繼續倒，讓最後幾滴碰到嘴唇，但是在那之後連一滴都沒流出來。

夜也深了。

要是再喝一杯，恐怕會睡不著。該怎麼辦？

深夜念書該喝什麼才好呢？正當我——淺村悠太以失去專注力的遲鈍腦袋思考這個

義妹生活
三河ごーすと
插畫 Hiten
6
Kadokawa
Fantastic Novels

生日

交換禮物

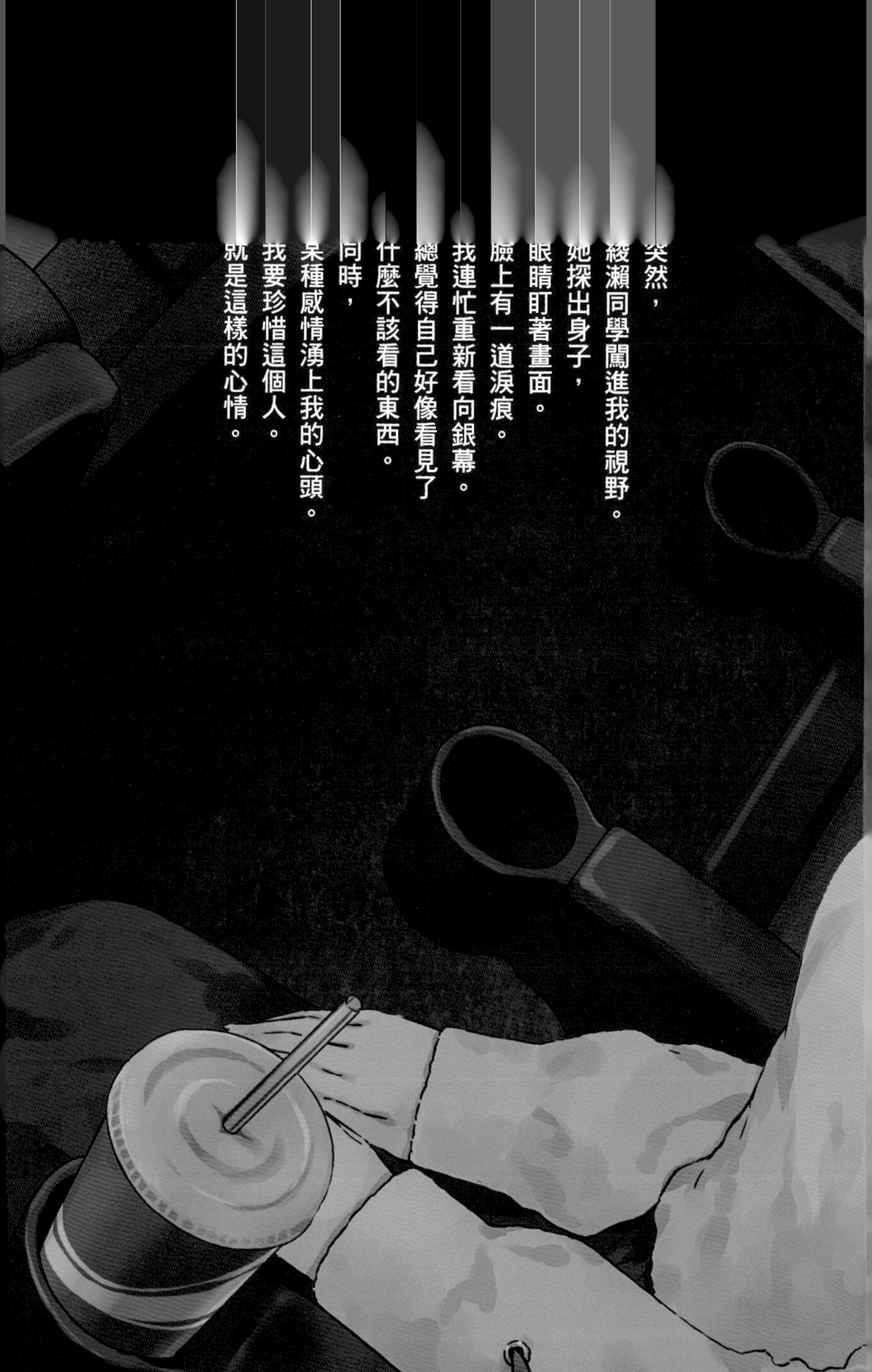
突然，
綾瀨同學闖進我的視野。
她探出身子，
眼睛盯著畫面。
臉上有一道淚痕。
我連忙重新看向銀幕。
總覺得自己好像看見了
什麼不該看的東西。
同時，
某種感情湧上我的心頭。
我要珍惜這個人。
就是這樣的心情。

淺村家 家系圖

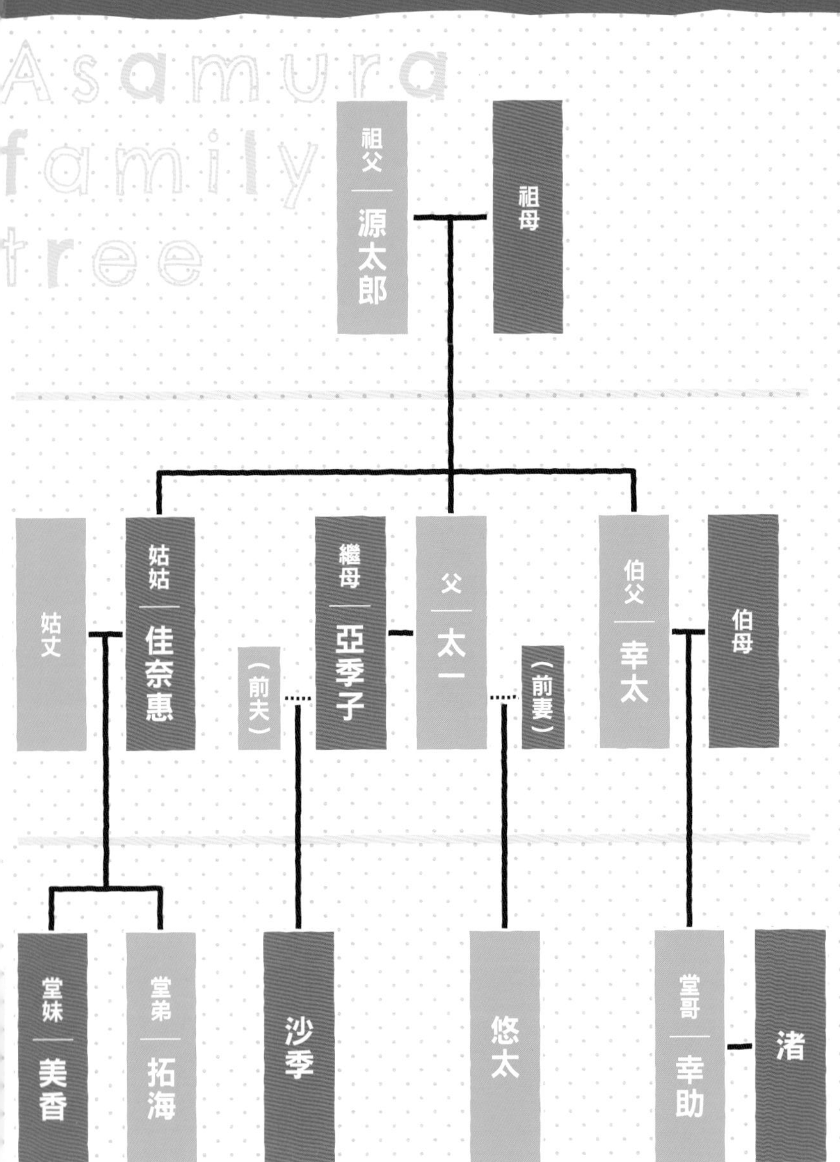
Asamura family tree
祖父—源太郎
祖母
姑丈
姑姑—佳奈惠
（前夫）
繼母—亞季子
父—太一
（前妻）
伯父—幸太
伯母
堂妹—美香
堂弟—拓海
沙季
悠太
堂哥—幸助
渚

問題時，背後傳來「咦？」一聲。

回頭一看。

綾瀨同學——半年前成為義妹的同齡女生，就站在那裡。

「啊，抱歉。空調的聲音吵到妳了？」

「沒這回事，何況房門關著。只不過，我沒想到這種時間你還在起居室，所以吃了一驚。」

聽她這麼一說，我抬頭看向時鐘，發現已經過了晚上十一點。平常這個時候，我早已窩回自己房間。

「要喝可可嗎？」

綾瀨同學指著我手邊的空杯子說道。

「有點想。」

「那幫你泡，因為我也要喝。」

「謝謝。」

打開快煮壺的開關後，綾瀨同學從流理台旁的餐具櫃拿出可可粉罐、自己用的杯子，以及另一個較大的馬克杯，這才坐到椅子上。

趁這段時間，我打開冰箱拿出牛奶，順便用水沖一下自己的杯子。

我從綾瀨同學手裡接過較大的馬克杯，倒入牛奶後放進微波爐，接著按下微波爐上標示「牛奶」的按鍵。

綾瀨同學趁這個時候把可可粉和砂糖倒進自己的杯子裡攪拌。她倒了少許快煮壺的熱水，把杯中物拌成糊狀。向來一副酷樣的她，此刻像個小孩一樣專心地用湯匙畫圓圈。

微波爐發出「叮」一聲。

「熱好嘍。」

「謝謝。」

綾瀨同學將自己杯中已經拌好的可可糊，分了一半到我杯裡，然後再慢慢倒入熱牛奶。

「其實，如果加點奶油之類的會更好喝。」

「不用那麼費工啦。」

「嗯，畢竟夜深了。話又說回來，你難得在起居室念書耶？」

綾瀨同學一邊攪拌可可一邊問。

「原本是在自己房間，專注力用完了所以換個地方。我想要是換個環境，念起書來感覺應該也會不一樣。」

綾瀨同學點點頭。

「原來如此。好像能理解。」

她將攪拌好的可可放到我面前。

「來，請用。」

「謝謝。」

接著綾瀨同學開始弄自己的。雖然只是件小事，不過像這種時候，她一定會先從別人的份開始做起。很符合她的風格。反過來說，如果是很快就會冷掉的東西，她大概就會先弄自己的，然後把還溫熱的那一份遞給對方。

和綾瀨同學一起生活之後，我似乎會注意周遭人們行為舉止的細節了。

「嗯，好了。」

綾瀨同學滿意地舉杯就口，喝起可可。

她的喉嚨在動，眼角稍微放鬆了點。

我也舉杯。

「嗯，好喝。」

「你明明可以先喝的。」

「我覺得提前把『好喝』這件事洩漏出去，對妳不公平。」

聽到我這句話，綾瀨同學苦笑著說：「怪人。」

鼻尖能感受到可可的香氣。時間緩緩流逝。

我們舉杯共飲。

「話又說回來，天氣變冷了，對吧？」

「已經十二月了嘛。」

她邊說邊喝著可可，我的視線不由自主地被她的嘴唇吸引過去。

我，和那櫻花色的嘴唇。

到了現在，想起萬聖夜的事依舊會令我臉頰發燙。

我們期望與對方有情侶的互動。透過那一晚的吻，已經確認了彼此的心意。

秋天時，光是待在能感受到體溫的距離，就讓人覺得幸福。

然而不過前進了一個季節，便已感到只待在身旁還不夠。人可能連幸福都會習以為常吧。

不過，緊接著就是要準備期末考的時期，因此接吻只有那一次。

我和綾瀨同學都很重視成績，為了取得高分，我們商量好要有所節制。

更何況，也需要不會被看見的時機。

我們同時也是高中生兄妹，生活空間是與雙親共用的。

在這種狀況下，要在家裡做出超出兄妹範疇的行為，難度反而比原本毫無關係的情侶更高。

我一邊將可可喝下肚，一邊思考。

親密接觸的時間能不能再多一點呢？

此時，我突然想到。

說到十二月，就是我的誕生月，同時也是綾瀨同學的誕生月。

至於生日是什麼時候，上星期我們一家人才確認過——我是13日，綾瀨同學是20日。

而且一如預期，老爸他們：「那就12月24日慶祝吧。」決定得很乾脆。

和往年一樣呢——我和綾瀨同學不禁笑了出來。

「怎麼？想起什麼好笑的事？」

綾瀨同學疑惑地問。

「啊……是啊，差不多就是這樣。」

「嗯？」

綾瀨同學沒問我笑出來的理由，逕自起身。她就像要溫暖雙手一般，捧著裝了可可的杯子走向自己房間。

或許是又想到什麼吧，她轉過身，踩著細碎的腳步回到桌旁。

「欸，關於生日的事。」

「咦？」

我的心臟猛然跳了一下。和喜歡的人在同一個時間想到同一件事——僅僅如此，就不可思議地讓我覺得心頭有股暖意。

「要不要，就我們兩個在當天慶祝？」

「在13日和20日慶祝？」

「對。我們都沒有在當天慶生的經驗，對不對？」

「應該……沒有吧？」

「對吧？呃，我啊，希望不是以兄妹的身分，那個……一起過生日。」

我明白她想說什麼。我也一樣。

「我知道。」

「所以，我有些事想告訴你。」

綾瀨同學先丟了句「原本打算考完再講」後說出來的，是她在萬聖前那陣子和我老爸之間的對話。

『當然大前提是要接受正當的處罰。就算你們犯了法，我也不會否定彼此是一家人這點喔。絕對不會。』

聽到老爸這樣談我們，我在心裡吐槽「也太會耍帥了吧」。

「如果我去問亞季子小姐，她應該也會說一樣的話吧。雖然多半不會在妳面前說出口就是了。」

「或許吧。」

儘管回應冷淡，卻看得出她臉上有些許笑意。

她應該很開心吧？

「不過，當時我有種念頭。」

說到這裡，綾瀨同學先做了個深呼吸。她一臉不曉得該不該說的表情，不過最後還是開口了。

「若是我們的家人，也許會認可我們的關係。」

聽她這麼講，我也想了一下。

或許真的會。

「老爸他應該是討厭就說討厭、不行就說不行的人。別看他那樣，他其實也有神經大條的一面，搞不好真的沒問題——」

之前夫妻關係破裂時，老爸也沒在我面前示弱。

雖然他為此向我道歉。

「不過亞季子小姐心情複雜時會不會說出來，這點我還無法肯定。」

「你覺得繼父沒問題，卻不認為我媽媽沒問題，可以說說理由嗎？」

「我擔心亞季子小姐對再婚感到後悔。」

「可是，淺村同學——他們兩個不會的。」

「亞季子小姐不是那種人，這點我也明白。但是，我之前的媽媽，就是個不會將不滿寫在臉上的人。亞季子小姐會不會只是沒表現出來，選擇將不滿藏在心底呢……這種可能性，我實在沒辦法不去考慮，對吧？」

「這種事──」

綾瀨同學大概很想否定，卻還是忍住了。

她的自制力令人敬佩。

我只是單方面將別人的行為模式套用到自己的討厭回憶裡，對亞季子小姐失禮到了極點。

然而，「會不會只是因為老爸和亞季子小姐還在熱戀期間才會一切順利？」的感覺始終揮之不去。既然無法讀心，就沒辦法確實地否定「表面上接受，內心卻暗藏不滿」的可能性。

不滿一直藏在心裡會有怎樣的結果，我非常清楚。

父母不在我面前爭吵的日子，就只有為我慶生那一天。

綾瀨同學頓了一下，接著說道：

「我也一樣。」

一語驚醒夢中人。對啊，要是我老爸後悔再婚，綾瀨同學也會很難過。

「和繼父談話之前，我也有一樣的不安。」

「這樣啊……」

「嗯。不過……我不會因為這樣就要你去和媽媽談。更何況就算我說一樣，你也不是我，不見得會和我有完全一樣的感受。」

「對喔，說的也是。」

「所以，我覺得還不用勉強公開。」

綾瀨同學微微一笑。

她的表情，就像在說「沒關係」，讓我覺得輕鬆不少。

「慶生的詳情之後再說。那麼，我回去念書嘍。」

「嗯。我也要再念一點。」

「別太操勞喔。」

「妳也是。」

披著白色開襟衫的背影，消失在門的另一邊。

我喘了口氣，把杯裡的飲料喝完。

底下的可可粉黏在喉嚨裡，怎麼樣都吞不下去。

12月11日（星期五）　淺村悠太

擴音器響起放學鐘聲。

教師的身影一消失在門外，準備參加社團活動或出去玩的學生們就一邊聊著天，一邊「嘎噠嘎噠」地挪動椅子。

可能是因為期末考的考卷已經發完了，大家都顯得很開心。

我眼前的壯碩背影，也以流暢的動作拿著書包起身。他大概和平常一樣要去棒球社練習吧，我原本是這麼想的。然而——

「喔對了，淺村。」

他突然出聲叫我，讓我吃了一驚。

以平常總是隨口打聲招呼就去練球的丸來說很稀奇。

「什麼事？」

「我接下來要去社團，你能不能跟我來一趟社辦？」

「咦，社辦？為什麼？」

「我有東西要拿給你。」

「嗯……是可以啦。」

反正我也沒什麼急事嘛。

於是我跟著丸走，還帶著書包，打算就這麼直接回去。

途中我看向走廊的窗戶，校舍旁的樹木葉子都掉光了，讓人有「冬天到了呢」的感覺。從樹木之間的空隙能看見狹窄的中庭，只剩形成樹叢的常綠植物還見得到綠色，擺在那裡的長椅空無一人。草地一角，風將秋季遺留的一片枯葉吹得團團轉。

「這麼說來，丸你這次考試怎麼樣？」

「嗯？828。」

「不愧是丸。」

保住運動社團一軍選手席位的同時還能有這種總成績，實在很可怕。

我的總分是819。

「還是比不上你啊。我自認這次已經相當努力了呢。」

「嗯。不過沒必要拿我當標準吧？」

「也是啦。」

畢竟跟上一次定期考試相比已經有明顯進步，與丸之間的差距和以往相較也確實縮小了。

「你的成績，差不多是從夏天那時開始進步的吧？」

「如果是這樣，應該是上暑期班的成果。」

「只有這樣嗎？」

「咦？」

「呃，算了。」

丸沒再多說，默默走在我前面。

一出樓梯口，寒風便讓我忍不住縮起身子。手指都凍僵了。運動社團的人要在這麼寒冷的季節練到將近傍晚，真令人敬佩，身為回家社的我實在學不來──我邊想這些邊走路，不知不覺社辦樓已經出現在眼前。

一棟看似廉價樓房的兩層建築。一樓和二樓都是運動社團的社辦，棒球社分到最靠近操場那間。

門一開，最先感受到的就是汗味。

然後，則是疑似用來壓過汗臭的柑橘系噴霧氣味。

社員們的用具塞在牆邊櫃子裡。這部分大概反映了每個人的性格，有人放得十分整齊，也有釘鞋、手套塞成一團的。

房間角落，幾根金屬球棒插在看似傘架的架子裡。邊換衣服邊談笑的社員們注意到丸，紛紛向丸打招呼。

他們也很有禮貌地問候和丸一起進來的我。丸向大家介紹：「這是同班的淺村。」我也輕輕點頭。明明是初次見面，那些看似學弟的社員們卻露出尊敬的眼神，原因大概在於我是丸的朋友吧？我顯然不屬於這裡，因此不敢輕舉妄動。

我呆呆地在入口處等待。丸大步橫越社辦，拿出放在櫃子裡的紙袋，並且把書包丟進櫃子。

這段時間內，能看見其他同學、學弟親暱地向丸搭話。

短短幾步路的往返，卻不斷有人找他說話。

「讓你久等啦。」

「不，還好啦。」

看見朋友受人尊敬感覺還不壞。即使不是自己，也會感到高興。

「所以說，你要拿給我的東西是？」

「喔，就這個。總覺得放在教室裡不太好。」

一個看起來能夾在腋下的紙袋。我接過紙袋後打開一看，原來是漫畫單行本，況且版型不是普遍的那種（正確說來是小B6，112公釐×174公釐），而是較大的B6（128公釐×182公釐），常見於青年漫畫等刊物。

一共三本。原來如此，漫畫不太方便拿進教室。

「你要拿這個給我？」

「我最新的推薦好書。這玩意兒很棒喔！會讓我想推薦它參加『再來會流行喔大賞』的地步。」

「喔？那還真令人期待。」

不過也不需要特地帶來學校吧？與其藏在社辦，不如在外頭見面時再拿給我就好——當下我是這麼想的。

「這是買來傳教的。這週日是你生日，對吧？」

這時我才注意到，那個紙袋是禮物。

「所以才特地拿來學校啊。」

「很有意思喔。雖然有點偏門。」

「丸你推薦的東西，有不偏門的嗎？」

「哈哈，你還真敢講。我可是王道也有涉獵的阿宅喔，放心看吧。」

「好好好——我很高興。謝謝。」

雖然用了開玩笑的語氣，但高興的心情並不假。

不過，我還真沒想到丸會為我慶生。一來我們沒聊過生日要做什麼，二來去年彼此也沒有互相送過禮物。完全是驚喜。

這時我突然想到，大約半年前，丸應該有送過某人生日禮物才對。儘管逼問他時被蒙混過去了。

之所以突然想送我生日禮物，或許就是有過這段經驗吧。

下次丸生日的時候，我也送點東西吧。我這麼想。

「週日沒辦法碰面，我想說要送就趁現在。」

「畢竟棒球社週日也要練習嘛。」

「抱歉沒辦法幫你慶生。不過嘛，你應該有很多人幫你慶祝吧？」

「沒那回事。我很高興啦。」

「唉，也不是什麼了不起的東西，不用那麼在意。那麼，再見啦。」

丸揮了揮手，走回社辦。

於是我心想「好啦，那我也回家吧」而準備離開。此時其中一個社員跑過來向我搭話。

就在我訝異地想「怎麼回事」的時候，看似和我同屆的他悄聲說道：

「丸有沒有提過奈良坂同學的事？」

冒出一個意外的名字。

「咦？奈良坂……同學是指，那個……？」

「沒錯沒錯，就是那個很可愛的。」

「呃，丸和奈良坂同學之間怎麼了？」

「聽說有人看到他們兩個聊得很開心。」

「沒聽他說過耶。」

這是真的。實際上，丸什麼都沒告訴我。雖然我就算知道也不會把人家的私事說出來就是了。

「這樣啊……」

看來就算問丸本人，他也只是隨口敷衍，連兩人聊什麼都不肯說。

不過對於兩人有交談過這點，丸倒是沒否認。

畢竟兩個人的成績都很好，會不會因此談得來，甚至交往呢——其他人似乎是這麼想的。

「嗯，我知道了。抱歉啦，占用你的時間。」

「啊，不會。打擾了。」

我輕輕點頭，然後離開棒球社社辦。

走向自行車停車場的途中，我回想剛剛聽到的事。

丸和奈良坂同學交往，是嗎？

老實說，我覺得只是他們想太多，但如果真有此事，就代表丸和奈良坂同學瞞著我和綾瀨同學。一段不為人知的祕密關係。

不過仔細一想，情侶關係也不需要特地公開嘛。

再對照一下我和綾瀨同學之後，就覺得或許將「互相喜歡」這種關係祕而不宣也是理所當然的。

掛著「我們從今天開始交往嘍」這種牌子的意義——

12月11日（星期五）　淺村悠太

「等一下。」

倒也不是沒有。想一下有社會性的動物就會明白。讓整個群體都知道彼此已經是雄性與雌性的關係，並非沒有意義。就算是人類，也發展出了結婚和訂婚這樣的儀式。

更何況，普通男女普通地開始交往，周圍的人再怎麼說都還是會表示祝福吧？

若能得到眾人的祝福，公開就有意義。

不，像奈良坂同學那樣受到許多男生愛慕，公開之後會酸言酸語的人可能比較多？那麼他們要保密也能理解……不不不，又不是偶像，不至於吧？

那麼，剛開始交往的兩人想隱瞞彼此的關係，這種行為果然還是很扭曲？

呃，慢著，太跳躍了。

更何況，現代在生活與工作等方面不容許在已婚未婚上有差別待遇……果然還是沒必要把所有事都昭告天下——

「唉。」

我不禁嘆氣。腦袋運轉過度，都快沸騰了。

再說，我也不知道丸和奈良坂同學是不是真的成了情侶，想再多也沒用啊。

我將書包丟進自行車籃，用力踩著踏板。

12月11日（星期五）　淺村悠太

今天是打工日。

十二月的傍晚，從大樓縫隙仰望的天空已經降下藍色帷幕，澀谷中央街點起了閃閃發亮的ＬＥＤ燈。

到處都看得見團團轉的裝飾燈光、聲音，以及人。

站前廣場的行道樹纏上了燈飾，以行道樹為背景的忠犬八公頂著紅緞帶，高興地抬頭挺胸。大樓垂下的宣傳布幕，以傍晚時分仍舊顯眼的哥德體再三宣傳冬季特賣。

打工的書店也一樣，到處都是紅綠白裝飾，出入口的玻璃門上則以白色噴霧畫出雪的圖案。

離耶誕節明明還有兩星期。

我腦袋裡想著這些，走進打工的書店。

在店裡轉了一圈後，我輕輕嘆了口氣。

提到書店，或許會讓人覺得是不太會感受到季節活動變化的零售業，但在這個鬧區人潮洶湧的時期，依舊會有相當多人上門。今天說不定也會比平常擠。

見到店長後，他說的第一句話就讓我不由得出聲詢問。

「咦，讀賣前輩身體不舒服？」

「對，所以今天只有你和綾瀨小妹。雖然會有點辛苦，不過就拜託嘍。」

「啊，好。了解。」

在這種狀況下，只有我和綾瀨同學顧收銀台啊……這下子應該會很累。我重新打起精神。

我先到更衣室換衣服，然後上工。

「抱歉！我遲到了！」

就在這時，仍穿著制服的綾瀨同學抵達。

「沒關係，時間還沒到。」

離表定時間還有十分鐘左右，不需要急吧？

和仍在顧收銀台的打工夥伴打過招呼之後，我先往後場移動。既然除了店長以外只有兩人，那麼在晚到的兼職人員抵達前，理論上我和綾瀨同學得一直待在收銀台。我想先確認庫存。

「糟糕，是不是該先確認架上的書啊……」

看著堆積如山的庫存，我不禁嘀咕。

即使知道進貨的雜誌有多少本，不記得平台剩下的量依舊沒意義。雖說待在收銀台可以透過電腦查詢庫存量，然而能夠先掌握個大概最好。

若是讀賣前輩，抵達後應該會先在店內巡過一圈才進辦公室。

步驟錯了。

我懊悔地看著牆上的鐘，離換班剩下三分鐘。現在已經來不及了。

因為可靠前輩不在而產生些許不安的我，認命地走向收銀台。

「時間到。我來了！」

「喔，辛苦啦。」

「謝謝。拜託嘍！」

收銀台內的兩人輕輕點頭，走了出來。我進去換班，稍後綾瀨同學也來了。

彼此還來不及講幾句話，排隊結帳的顧客已經出現在眼前。

我們以流暢的接客用語和熟悉的處理流程應對顧客。但是一個客人離開之後，很快就有下一位客人遞出書本。沒有喘息的空間。

今天進門的客人真的很多。

可能是因為耶誕假期將近，希望包裝成禮物的也不少，這些相當花時間。雖說包上

紙書套一樣要費工夫，但是禮物包裝更為麻煩。

首先，很多客人不要平常的包裝紙而要求改用耶誕色，所以包裝時得詢問對方想要哪一種。要實際拿出展示用的包裝紙，讓顧客看過之後再挑選。不過嘛，這個時期幾乎都會選耶誕包裝就是了。

包完之後，還要加上緞帶。

長條狀的緞帶要彎要折都很容易，但在繞圈時若沒弄得平整會很難看，這種場合就得重新來過。綁成十字後打個蝴蝶結，然後用剪刀。剪的時候不要垂直，挑個好角度斜著剪才好看。

剛學的時候，我自己也做得不怎麼樣。現在回想起來實在很對不起顧客。

每當人家拜託我包裝，就會讓我感到戒慎恐懼。而且另一方面來說，我最近也在考慮要送綾瀨同學生日禮物，所以會覺得必須包得漂亮一點，不能讓收到禮物的人失望。

生日禮物啊。

我的腦袋就像要逃避忙碌一般，在動手的同時開始思考這件事。

話是這麼說，不過我就連要送什麼都還沒有腹案。

究竟送什麼才好呢？什麼東西能讓她開心呢？

這麼說來，送禮給綾瀨同學的朋友奈良坂同學時，也都是交給綾瀨同學負責。雖然那時因為綾瀨同學比較清楚奈良坂同學的喜好，所以勉強搞定了。

「辛苦啦。」

店長的聲音讓我回過神來。

不知不覺間，收銀台前的隊伍已經處理完畢了。

「很快就會再多一個人，加油喔。」

「好的。」

讀賣前輩不在時的書店工作有多累，我和綾瀨同學這下子都很清楚了。完全沒時間整理賣場，兩個人幾乎都在忙收銀台的工作。

「好忙啊。雖然現在有點空閒。」

「只有兩個人還是太吃緊了。」

「我有點擔心讀賣小姐。」

「希望只是單純感冒……我們也得多加注意。」

趁著人潮停歇的時機，我走出收銀台。

「我去看看賣場。」

「麻煩了。」

我前去檢查平台上的雜誌與架上的書賣了多少，並且留心別走得太快。同時也順便確認是否有客人遇上麻煩。

一邊巡視，一邊想著要盡快回收銀台的我，不出所料地見到一名大概是受妻子之託要找後宮類推理作品的男性，於是領著他去找。以為是小說卻是漫畫、以為是放在這裡卻發現是另一家出版社，就這樣花了不少時間找書。

等我帶那位顧客找到書時，收銀台前面的結帳隊伍已經開始變長了。

看來沒辦法繼續花時間整理賣場了。

回到櫃台，我又開始忙著結帳。大約一小時後多了一名打工人員，我們才總算能喘口氣。

打工結束走出店門時，夜色也深了。

行道樹上的燈飾照亮了人行道，我推著自行車，和綾瀨同學並肩踏上歸途。

吐出的氣息是白色，自行車握把很冰，冷到握久一點手指就會痛的程度。

「為什麼不戴手套？」

綾瀨同學瞄了我一眼後說道。

「覺得戴手套會滑到抓不穩握把。不過嘛，也只是感覺啦。」

至於客觀來說會不會比較滑，我就不知道了。

不，畢竟有機車手套這種東西，為了安全考量，或許戴著反而比較好。

在東京都，最近有督促高中生騎自行車通學要戴安全帽的模範校制度。水星高中雖然還沒將這件事義務化，不過以現在的趨勢看來，必戴安全帽可能是遲早的事。到時候，搞不好會以同樣的邏輯督促大家戴手套。

「既然如此，就更該戴了。」

聽完我這番話，綾瀨同學說道，聲音裡有些擔心，聽得出是為我的身體著想，所以我沒有用「沒關係啦」隨口應付她。

「說的也是。我會查一下資料。」

雖然要一下子把安全帽和手套都湊齊有點難。

「也沒用圍巾。不冷嗎？」

「這個就真的有危險了。要是在騎車時勾到什麼東西……」

「這樣啊。說的也是。」

12月11日（星期五）　淺村悠太

「要塞進衣服裡嗎？或是改用圍脖？可是，我從來不覺得有到那麼冷耶。」

綾瀨同學點點頭。

「原來如此。不過今天很冷。欸，讓自行車靠到這邊來。」

「咦？不會很難走路嗎？」

雖然不明白理由，不過我照綾瀨同學說的，把原本放在車道側推的自行車擺到我們之間。兩人的距離彷彿稍微變遠了，有點寂寞。

接著，我推車的右手——也就是比較靠近綾瀨同學的那隻手，上面悄悄地多出她的左手。

啊，原來如此。

如果自行車的位置保持不變，她就得伸手擋在我的身體前面，這麼一來既難走又危險。

綾瀨同學手套帶來的暖意，蓋在我的手背上。

「有沒有暖和一點？」

「啊……嗯。」

「怕你推車會有危險，只能做到這樣就是了。」

「我知道。謝謝妳。」

為了避免綁住我的慣用手，綾瀨同學只將手輕輕疊在上面。然而光是有她幫忙擋風就能減少寒意，況且可以感受到些許手溫。

就這樣，一時之間我們默默地走著。

街上依舊人來人往，總覺得路人都在偷看我們相繫的手。儘管我知道他們不會沒事把注意力放到別人身上。

為了掩飾自己的害羞，我談起今天才全部發齊的考試成績。

我說出自己的總分以後，綾瀨同學也講了她的。

她的總分似乎是８１５分。

我是８１９分，等於沒什麼差距。不過綾瀨同學倒是一臉不甘心。

「又輸了……」

「4分之差，我覺得已經等於沒差了。更何況，現代文94分很厲害耶。」

沒想到才半年就能從紅字進步到這種程度。

真要說起來，我可是有補習的，儘管如此，分數依舊和綾瀨同學差不了多少。如果她也補習，不是很快就能拿到足以排進前十名的分數了嗎？

一提起這件事，綾瀨同學便搖了搖頭。

「我沒有打算補習喔。」

「嗯，畢竟要花錢嘛。」

考慮到她不喜歡依賴別人的個性，會優先選擇自學也是能理解。

「倒也不是有什麼絕對不去的思想信念……而且我也不希望到頭來因此替別人添麻煩。之前淺村同學你也說過吧，類似『善加依賴別人的重要性』這樣的。」

「啊，嗯。雖然是從讀賣前輩那邊學來的就是了。」

「但是我現在還不太想去。」

「如果想補習，我可以幫忙做些準備喔。」

「謝謝。」

說完，綾瀨同學戴著手套的手，默默地握得更緊了點。

些許力道壓向我的手背。儘管沒有強到讓手動不了，但彷彿能從中感受到綾瀨同學的熱度。吐出的氣息是白色的，從領口鑽進來的冬季寒風讓身體為之顫抖。即使如此，卻有一邊的手，很燙。

「更何況，要是一起……」

我漏聽了綾瀨同學的呢喃。

當我轉頭看向她的側臉時，她已經抬起頭望向前方的黑暗。

我和綾瀨同學走在通往公寓的小徑上，背後的大路和人群愈來愈遠。走過計時收費停車場的發亮黃色招牌，便能看見我們——我和義妹所住的公寓亮光。

回家後，我看向餐桌。

桌上擺著塑膠袋，似乎裝著便當還是什麼的。旁邊貼了張便條紙。

『這是晚飯喔！』

我連忙確認ＬＩＮＥ。老爸傳了「我下班時順道買了配菜」的訊息。

我確認袋子裡的東西。

「餃子啊。」

「這邊是咕咾肉和青椒肉絲呢。這樣的話馬上就能吃嘍。」

綾瀨同學將袋裡的東西拿出來擺到桌上。

由於排班調整，今天必須直接從學校趕往打工地點，無法先回家準備晚飯。

我和綾瀨同學都是。

大概是因為有事先告知老爸，他才買回來的吧。至於老爸本人，已經吃完飯回寢室睡覺了。亞季子小姐當然在上班。

「你要喝湯嗎？」

「應該還有速食湯才對，那個就行了吧。妳也一樣？」

綾瀨同學點點頭，於是我拿出事先買好塞進餐具櫃的玉米湯，有顆粒的那種。趁著快煮壺煮開水的時候，我將兩個味噌湯碗放到桌上。

這段時間，綾瀨同學則把老爸買回來的熟食換了容器。

如果只有我一個人，就算已經冷掉也會直接用買回來的塑膠容器吃，不過綾瀨同學喜歡熱過並移到家裡的容器上。她的原則似乎是看起來美味會讓吃起來更美味，看著藍色盤子上擺得漂漂亮亮還冒著熱氣的中華料理，確實也讓人感覺更有食慾。

盛好溫熱的白飯，我們說聲開動後便吃了起來。

「淺村同學的沾醬，原來是那樣啊。」

綾瀨同學十分自然地說道。

「咦？有什麼奇怪的地方嗎？」

我感到疑惑。我們兩個吃餃子時都是搭配手邊小碟子的沾醬。乍看之下沒有兩樣，

仔細一看才發現差異所在。

「妳那邊只有醋？」

「對，醋。你的該不會只有醬油？」

「咦，餃子就是要沾醬油吧？」

「沾醋吧？」

「……好吃嗎？」

「這句話我也想問。」

難以想像是什麼味道——我不由得脫口而出，於是綾瀨同學將自己的小碟子推向我這邊。我想她的意思是「沾沾看」。

我的體感時間頓時停擺。

——我可以用綾瀨同學正在用的小碟子嗎？

就算彼此是家人，也有人不太習慣和他人共享用具。雖然我不在意這點。

不過就另一個層面來說會讓我在意。我瞬間猶豫了一下，隨即以「家人這樣很正常」說服自己。

我夾起餃子沾綾瀨同學碟子裡的醋，並咬了一口。由於用微波爐熱過，一咬破餃子皮，帶著鮮味的溫熱湯汁隨之溢出，味道和與常用沾醬有所不同的酸味結合在一起。跟平常不同的味道。不過餃子沒有因為酸而變得難以下嚥，還是很好吃。

其中的差異很難解釋。

「原來如此。會變成這樣的味道啊。」

「好吃嗎？」

「嗯，好吃。雖然只有這樣會覺得少了點什麼，不過或許這樣比較清爽。」

「對吧？加胡椒也很好吃喔。」

「亞季子小姐呢？」

「媽媽也一樣。她說配醬油味道會太重。」

「原來如此。啊，要不要也試試我的？」

我將自己的小碟子推過去，於是綾瀨同學也一樣沾了之後送到嘴裡，隨即像是發現什麼似的突然頓了一下，不過還是就這麼吃完了。

「嗯～醬油的味道。」

「那是當然的吧。」

我們分別拿回自己的小碟子，之後一段時間內都各自默默地動著筷子。差不多要吃

完時，我談起回家路上思考的事。

「關於生日啊……」

綾瀨同學抬起頭。

「嗯？為彼此慶生的事？」

「沒錯沒錯。我在考慮禮物，妳有沒有什麼想要的東西？」

「啊，這個，我也想問。」

綾瀨同學也一樣啊。

我再次感受到，彼此在這方面實在很像。拿到不想要的東西也不會高興吧——我們都會這麼想。我試著向綾瀨同學確認，她果然也有同感。所以，不要擅自揣測，要好好地商量過後再買，在這點上我們意見一致。

綾瀨同學進一步補充。

「還有，價格也是。別買太貴的東西行嗎？」

「嗯。真要說起來，我也想存點錢。」

「所以，你有什麼想要的東西嗎？」

突然這麼問，我一下也想不到。

話是這麼說，但我也很清楚，要是在這種時候回答「什麼都好」，就和人家問「想吃什麼？」的時候回答「什麼都好」一樣糟糕。

然而，我實在沒辦法立刻想到答案，於是打算要她先讓我思考一下，藉此拖延回答的時間。就在這時——

「圍脖怎麼樣？」

「啊，剛才的……」

回家路上，綾瀨同學說我的脖子看起來很冷，不過我回答她用圍巾之類的會有危險。這麼一想，就讓我覺得綾瀨同學或許一開始有考慮要送圍巾。

確實，若是圍脖就不會太昂貴，也符合條件。

「妳想要什麼？」

我試著詢問後，立刻有了答覆。

「適合用來洗澡的肥皂。」

「肥皂？」

聽到這個答案，讓我有點意外。

意識到禮物的事之後，我試著查了一下資料，發現多數認為送給心儀對象的禮物最

好是有形且能保留的東西。

「如果每年都收到能保留的物品，不但會變得全身上下都是禮物，到了東西損壞而非丟不可的時候，又會覺得是拋棄什麼重要的東西而難以釋懷吧？那麼，不如從一開始就送些消耗掉理所當然的東西還比較好。」

收禮前就考慮到丟棄，這點很符合綾瀨同學的風格。

雖然乍看之下很沒人情味就是了。

不過，我注意到一件事。

反過來說，這是以「維持每年都會交換禮物的關係」為前提。

不打算只送一次就結束。正因為是要互送很多次的對象才會……

「知道了。那麼，**今年**就送肥皂。」

正確地理解我話中含意的綾瀨同學，高興地笑了。

12月11日（星期五）　綾瀨沙季

放學的班會時間結束，班導師才剛離開，教室內便瀰漫一股慵懶的氣氛。

班上同學性急地討論起耶誕假期的預定行程。在浮動喧鬧的氣氛之中，我將今天全部發回來的答案卷一張張攤在桌上。

合計815分。

還算滿意的結果。

「沙季，辛苦啦～！看閣下那表情，分數應該相當好喔。」

真綾故意湊到我這邊講這些。

「還閣下……妳是看了時代劇動畫嗎？」

「在下紅字武士是也。」

「這稱號聽起來就像會被人砍倒耶。」

「浪人會比較帥氣嗎？」

「哪種都無所謂，反正感覺都會被砍倒。話說回來，別再扯武士了啦。」

「唔唔。那麼，呃……嗯～」

「所以說，哪種都無所謂。」

雖然她好像有些我搞不太懂的堅持，但我實在搞不懂，因此決定隨便帶過。

「沙季妳還是一樣冷淡。12月已經過了快一半嘍。好歹這個季節可以表現得溫暖一點吧？這麼一來，就可以抱住妳取暖了。好想看見暖洋洋的沙季喔～」

「不要拿別人代替暖暖包。所以妳多少？」

當然，是問考試結果。

「801，沒高潮沒結尾沒意義的分數喔！」

「那什麼啊？」

「不知道代表沙季很健全，給妳糖果。」

「好好好。」

真綾假裝遞出根本不在手上的虛構糖果，我也配合著掌心朝上假裝收下。

「沙季，妳變得很配合了耶～得感謝淺村同學才行。」

「為什麼在這時候提到淺村同學啊？」

她沒說話，只是微微一笑。我頓時驚覺，然而已經太遲了。若在這時候回嘴，她一定又會講些有的沒的。於是我緊抿嘴唇忍住了。

「所以沙季妳呢？」

「815。」

「喔～！難怪妳一臉得意，很厲害嘛。」

「我哪有——」

我原本想說自己哪有一臉得意，但是到一半就停住了。有嗎？或許有。我隱約有點自覺，也曉得自己臉上有笑意。聲音大概也多少有些興奮。

接著，周圍突然起了點騷動。

耳邊傳來「綾瀨同學的感覺好像……」「第一次看見笑臉」之類的。

呃，騙人的吧？我先前好歹還是有笑過吧？

「怎麼大家講得好像看見什麼稀奇的東西一樣？」

「和金屬史萊姆差不多稀奇喔。」

「妳舉個我聽不懂的例子也沒用啊……」

「也就是說，妳平常是冰山美人。唉，雖然沙季妳啊其實沒那麼瀟灑，只是不在乎別人對自己的好感而已。儘管妳會在意自己的風評。」

真綾這番話聽起來有點毒，但確實沒說錯。倒是班上同學的反應聽起來很友善，讓我相當意外。

「不過，14分嗎～只差一點啊。下次絕對不會輸！」

「是是是。」

「可惡～贏一次就那麼得意，讓人加倍不甘心啦～」

「我沒有得意啦。」

「然後，沙季。」

嗯？

「妳生日差不多要到了吧？」

「啊，嗯。是這樣沒錯。」

真綾那副咬著嘴唇的不甘心模樣瞬間消失，不知道是不是我的錯覺，她看起來很興奮。這人轉換話題的速度非常快，要跟上實在很辛苦。

「真想送點什麼禮物耶～要送什麼好呢～」

「不用在意沒關係啦。」

「要送啦～要送要送，超要送，因為想送所以送。」

「啊，是。」

「然後啊，所以淺村同學的差不多也要到了？記得你們生日很近，對吧？」

「他比我早一週。」

「他（男友）！」

「不要用特殊發音去唸一般的第三人稱代名詞。」

沒有什麼特別的含意。真的。

「怪了？早一週也就是說……」

「13日。」

「就是後天嘛！不行啦！為什麼沒告訴我！」

「咦……抱歉？」

「啊～也就是說，和沙季一樣是假日啊～星期日特地找人家的男朋友出來送他生日禮物也不太好嘛～」

「所以說淺村同學——」

「不是男朋友而是哥哥的話，就可以找他出來嘍？」

「……不可以。」

真綾露出意味深長的笑容，但是我沒解釋理由。讓她把我當成有戀兄情結還比較好。

「那麼，我的禮物就請沙季轉交吧。」

淺村同學應該會說「不用在意」。不過真綾大概會在意吧。這和什麼人情或觀感無關。就像剛剛說的，單純是自己會在意。

正因為明白這點，所以沒辦法要她別在意。

「既然是給淺村同學的禮物，我想應該不用急。無論如何，在我們家，我和淺村同學的慶生會，要等到24日和耶誕夜一起辦。」

「和葛格一起辦啊～」

「又來啦……」

「也就是說只有自家人嗎……好的～那麼，就沒辦法當面祝你們耶誕快樂嘍～」

「就說不用了啦。真綾妳才是，妳不是要和班上同學舉辦派對還是什麼的嗎？」

「啊～那天正好有點事——」

嗯，那就沒辦法了。

「然後——妳想想看。要是舉辦那種活動，就等於排擠那些有男朋友女朋友的人了嘛！我是出於體貼，哇哈哈！」

嗯？

「是嗎？」

「沒錯沒錯！妳想想，我們已經是高中生了嘛，有些在這個年紀算不上奇怪的關係不也很正常嗎？」

……剛剛的停頓是怎樣？

該不會，真綾也有了個「在這個年紀算不上奇怪的關係」的對象，還預定要和那個人一起過耶誕了吧？而且沒告訴我是誰。

沒辦法說出口的對象。

「算不上奇怪的關係……」

「妳有興趣？」

她把臉湊過來打量我的表情，於是我連忙搖頭。沒有沒有沒有。

「唉，對沙季季來說還太早了吧。」

12月11日（星期五）　綾瀨沙季

「為什麼要擺出一副前輩的架子啊？」

真綾又是微微一笑，沒有說話。我差點爆出一聲：「不會吧！」

這是引導式提問。明明什麼都沒說，卻能用一個表情就讓人差點說溜嘴。可怕的奈良坂真綾。自己不必坦白就能揭穿他人祕密的女人。

等等，我今天的思考不太對勁。

我總覺得，真綾要是有了那樣的對象，應該會告訴我。

既然沒有特別對我說，或許隱瞞「算不上奇怪的關係」的對象其實很正常。

真要說起來，我連真綾是不是有交往對象都不知道。

忙碌的打工時間，轉眼間就過了。

今晚讀賣小姐難得請假。

也因此幾乎不得閒。一直忙著幫顧客結帳，忙到差點失神。

我抬起頭，妝點行道樹的燈飾映入眼裡。

慣例播放的冬季音樂，偶爾會和店員宣傳特賣的聲音重疊。

讓人體會到「啊，耶誕節馬上就要到了呢」。

走在我旁邊的淺村同學，將自行車擺在靠車道的那一邊，配合我的腳步緩緩推車而行。最近打工結束後，我們都是一起回家。他握住單車握把的手裸露在外，看起來很冷。

我問他為什麼不戴手套，他說覺得會滑。

雖說理由是為了安全，不過真要說起來，或許遲早會規定騎自行車必戴安全帽和手套——他立刻自己吐槽。

「既然如此，就更該戴了。」

聽到我有些傻眼地這麼說之後，淺村同學表示會去查資料。

「也沒用圍巾。不冷嗎？」

之所以又這麼問，當然有部分原因在於看見他不設防的領口，不過也是因為我先前就在懷疑他是否沒有圍巾。

畢竟，圍巾是冬季送禮的常見選擇之一嘛。

一問之下，他表示騎自行車時圍巾比手套更危險，我這才霍然驚覺。

確實……或許真是這樣。

即使如此，我還是不想放著那雙冰冷的手不管，所以將自己的手疊在淺村同學的其中一隻手上。儘管隔著手套，但只要能稍微替他擋住一點寒風就好。

不知不覺間，我們已經從大路轉入小徑。

路燈數量減少，也幾乎沒有行人。或許就是這樣我才做得到，因為沒有人在看。

明明只是把手疊上去，心臟卻跳得這麼快。感覺心跳的劇烈程度會透過手掌讓他知道，但我也有點希望他知道。

「考得怎麼樣？」

他突然開口，讓我的心臟猛然跳了一下。

「啊，嗯。呃……815。」

「真厲害啊。」

儘管淺村同學這麼說，但他的分數好像是819。我知道這點差距等於沒有，也不是說誰贏了就會怎麼樣。

然而，脫口而出的話語卻是——

「又輸了……」

這麼不想輸給淺村同學的心情，究竟是怎麼回事呢？這種競爭心理，連我自己也覺得不可思議。完全搞不懂理由。

可能是聽起來很不甘心吧，於是淺村同學說他的分數都是多虧了補習班，還稱讚我的現代文從不及格進步這麼多很了不起。

他甚至說，如果我去補習可以拿到比他更高的名次。

「我沒有打算補習喔。」

「嗯，畢竟要花錢嘛。」

這是理由之一。

之所以沒有老實贊同淺村同學的提議，部分原因也在於我軟弱到沒辦法展現自己軟弱的一面。我怕自己一旦開始依賴別人，就會無止盡地依賴下去。雖然這樣子永遠學不會怎麼依賴別人就是了。

「如果想補習，我可以幫忙做些準備喔。」

他連這種話都說了，讓我有點愧疚。

很花錢沒錯，性格上無法依賴他人也沒錯。然而，這些並不是我不想補習最大的理由。

要是和淺村同學在同一個地方待太久，想必我的目光會一直放在他身上，沒辦法集中精神。

雖然我絕對不會告訴他本人。

畢竟，這種事實在太丟臉了。

看見自家公寓，我的腦袋總算恢復通常模式。

具體來說就是思考晚餐該怎麼辦。

我和淺村同學都到了這個時間才回家。而且沒辦法先回家一趟準備晚餐。如果要快點解決……

想著這些的我，走進飯廳就看見桌上擺著繼父買回來的中華料理熟食。餃子、咕咾肉、青椒肉絲。我不禁露出笑容。

真是太讓人感激了。雖然說不定是媽媽拜託的，但他是淺村同學的爸爸，做到這點程度的體貼感覺很有可能。

我將餐點放到盤子上加熱，這段時間淺村同學幫忙準備了飯和湯。

我開動了。

吃飯時，發現我和淺村同學對於餃子沾醬的見解有所不同。

交換彼此的沾醬試過之後，我還是無法接受醬油派的主張。記得淺村同學吃荷包蛋好像也是加醬油。

這麼說來，那時我縮了一下。

就是借他用過的沾醬那時。我突然注意到某件事。

這不就是間接接吻嗎？不不不，頂多只是間接的間接。居然為了這種事動搖，我是小學生啊？

我默默地動著筷子。

就在我有點忍受不了沉默之際，淺村同學提起生日禮物的事，於是我欣然接下這個話題。

告訴淺村同學我想要不會留下的禮物之後，他顯得很驚訝。

不過，如果這段關係不會結束，那麼不需要倚賴物品也能留下回憶。我覺得，每一年都能在腦海中累積回憶已經夠美好了，因為累積下來的記憶比有形的物體更為耀眼。

之所以會這麼想，大概要怪我的生父吧。

他是個拘泥有形物品的人。

在我年紀還小、他還很溫柔的時候，他經常送禮物給媽媽和我，公司也曾為了員工將辦公室搬到外表美觀的大樓，總之他很重視形式與看得見的東西。變了個樣之後，他開始說些「明明都是靠我買的東西生活，居然還有意見」之類的話。

那個人被有形的東西綁住了。

所以我希望收到些不會留下的東西。

這點占了一半。至於另一半……

我還記得生父離開時媽媽的背影。她儘管沮喪、顫抖，轉身抱住我時依舊沒讓我看見她的眼淚，不想讓我感到不安。

即使如此，我仍然感受到了她的悲傷。

現在這份感情與關係，我始終無法相信它能永遠持續下去。

如果，這段關係結束的那一天到來，看見留在手邊的禮物之後，我大概會很難過。

所以，不會留下的禮物比較好。

在收到禮物之前就思考化為傷心回憶之後的事，這樣實在很符合我的風格。

12月13日（星期日）　淺村悠太

星期六平穩地過去了。

迎來的星期日是我的生日，然而世界並不會給予一介高中生的誕辰特別待遇，理所當然地，我上午前往補習班聽課。

早上第一堂課結束後，便是短暫的休息時間。

我走向有自動販賣機的休息區，打算喝杯咖啡。彎過轉角後，眼前約有三分之一間教室大的空間，放著六張餐廳會有的那種大桌，周圍還擺了許多折疊椅。

我選擇了加奶不加糖，然後一邊吹氣為紙杯裡的茶色液體降溫，一邊尋找空著的椅子。

有個眼熟的女生。

藤波夏帆。

只有她面前的座位空著。

和抬起頭的她對看一眼之後，我便在那個位置坐下。

「早安。」

她以讓人聽不太清楚的聲音向我打招呼。

「早安。怎麼啦，感冒？」

這名高個子少女戴著白色口罩。

「要是感冒，我根本就不會來補習班。這是預防。冬天空氣乾燥，要特別小心感冒或傳染病。」

「喔，原來如此。」

「是阿姨告訴我的喔。她要我冬天記得把口罩戴好。」

我默默點頭。

藤波口中的「阿姨」，就是她現在的監護人。似乎正是那位女性，將和親生父母死別的藤波從親戚糾紛裡拯救出來。

「不過嘛，就算戴著，該得的時候還是會得啦。」

「預防要持續才有效果，我認為戴著總比不戴好。小時候，我也有段時間堅持要好好洗手。」

「喔，只有小時候？」

「我有一次因為感冒沒吃到生日蛋糕。隔年，我下定決心，絕對不感冒。」

「啊，你的生日是冬天對吧？差不多要到了？」

「其實就是今天。」

我聳聳肩說道。

「原來是這樣啊。」

藤波當場起身，一句話也不說就走到販賣機前。接著她從口袋掏出零錢，買了罐裝玉米湯。

就在我呆呆地想藤波是不是餓了的時候，她卻走回來「咚」一聲地將罐子放在我面前。

「生日禮物。雖然對於正在喝咖啡的你來說或許是多餘的負擔。」

「咦？」

「還有，有點寒酸。」

「啊，不，我沒有這個意思。呃……」

由於沒想過會收到禮物，所以出乎意料——算是小小的驚喜。

「謝謝。」

「不客氣。反正是消耗品，也不貴，不是什麼值得道謝的東西。能留存的東西去找你那位女朋友要。」

我不由得苦笑。

「那麼，我先走一步。」

藤波就這麼轉身離去。我將罐子舉到眼睛的高度，再次輕輕點頭目送她離去。

儘管藤波說沒什麼大不了的，但是像這樣有人為我慶祝，依然令我發自心底感到高興。

傍晚起是打工時間。

我比班表排的還要早二十分鐘抵達店裡，說了聲「那我先去看看賣場的樣子」之後，便抱著運動背包在店內巡視。

今天的客人似乎也不少。

正當我目測平台上堆著幾本雜誌時，有人拍了拍我的背。

「喲，後輩。」

回過頭去，長髮飄逸的讀賣栞前輩就站在那裡。

「嗯，呃……午安。」

「嘿，久違嘍。」

「……久……？」

她剛剛說什麼？

「所謂久違就是指——」

「我知道是什麼意思，類似『好久不見』對吧？」

書信開頭之類的場合會用到。

「就是那個！什麼啊，你知道嘛！」

「是啊。雖然我還是第一次在現實中碰上這樣打招呼的人。話說回來，妳身體已經不要緊了嗎？」

為了避免妨礙店內往來的顧客，我一邊回答一邊遠離動線，於是讀賣前輩指向辦公室，開始朝那邊移動。大概是「待在這裡會礙到客人，去辦公室聊」的意思吧。

我點頭表示了解，並且跟在她後面。

「已經完全好嘍。唉呀，不過真的感覺好久不見了呢。有沒有擔心我啊～」

「因為是前輩嘛。看見妳身體康復真是太好了。」

「前天已經好得差不多了，只是為了避免傳染各位打工夥伴，所以保險起見休息到今天。」

「是感冒嗎？」

「就是感冒就是感冒！喉嚨痛到發不出聲音～還發燒到超過三十九度。」

「真慘呢。」

「慘啊慘啊。只能去隔壁的神社參拜。我有去拜狐仙喔～」

讀賣前輩還是老樣子都在發揮些神祕的大叔成分。嗯，一如往常。看樣子她是徹底恢復了才出來的。

我們邊聊些沒營養的話題邊走向辦公室，敲門入內才發現一個人也沒有。

「其實我都有注意耶。大概要怪上週末的耐久卡拉ＯＫ吧？畢竟很久沒和高中的朋友聚會了嘛。」

「同窗會嗎？」

「社團的朋友下個月要結婚嘍。」

「咦？」

我不由得吃了一驚。

「沒想到會被以前覺得會最晚結婚的真央超車。她和未婚夫似乎原本約好等專校畢業就要結婚，她還氣鼓鼓地說『已經拖了半年以上』～」

「啊，是。恭喜……？」

「結婚的不是我喔。」

「這麼說也是。」

不然我還能回什麼呢？嗯，畢竟讀賣前輩的同期應該已經成年，以現代來說雖然算早，卻也不是不可能……

「算是輕微的婚前憂鬱症吧～所以，我就一邊聽她抱怨一邊唱歌啦。嗯，後輩你也要小心喔。」

「喔……」

這種事離我實在太遠，聽到之後我也不知道該注意些什麼。完全無法想像。

「兩個沒有血緣的人要締結社會性伴侶契約，就算在現代一樣會產生各式各樣的爭執喔。」

「這樣啊。」

「所謂的結婚，本質上就是羅蜜歐與茱麗葉喔，後輩。」

「無法相容的兩人邂逅……是嗎？」

「吃荷包蛋沾伍斯特醬的凱普雷特家與沾胡椒鹽的蒙特鳩家之間，有一道無法跨越的深谷啊。」

「莎士比亞不會生氣嗎？」

「價值觀的差異有時會造成爭執、產生悲劇，真是悲哀啊～後輩是哪一派？」

「荷包蛋的話我喜歡醬油。」

「唉呀，第三種派閥嗎？順帶一提我喜歡番茄醬喔。要是醬油黨的父母反對婚事該怎麼辦？喔，羅蜜歐，你為什麼是醬油呢？現在就拋棄那瓶調味料吧。不，這樣太浪費了，還是別結婚吧。」

「雖然不太明白但是我明白了，我投降。所以，妳有什麼話要說嗎？」

畢竟她應該是有話要說，才會特地要我陪她走到辦公室。

「就是這個就是這個。後輩，你今天生日對吧？」

讀賣前輩將手裡的紙提袋放到桌上。

「嗯，是啊……妳居然知道。」

醤油
KETCHUP
…

「嗯～聽沙季說的。她是下週對吧？」

「對啊。」

「沙季的留到之後。來。」

說著，她從紙提袋裡拿出另一個厚紙袋。我想，應該是書。

我用眼神詢問後，她點點頭，於是我打開厚紙袋。

「哇……這還真是……」

很多舊書。或許是在舊書店買的。

柏拉圖的《蘇格拉底的申辯》，笛卡兒的《談談方法》、卡繆的《薛西弗斯的神話》，康德的《純粹理性批判》……連尼采的《查拉圖斯特拉如是說》也有。

「這……真多啊。」

「這可是讀賣琹精挑細選的優良哲學書喔。雖然時代變遷和哲學史發展等的都沒怎麼考慮，所以不成體系又有很多缺漏。」

「已經很夠了。對我這個高中生來說，買這類書門檻太高，總是覺得買了也看不懂。雖然有在圖書館稍微翻過就是了。」

「其實啊，我原本考慮送大人的玩具，卻害怕觸犯青少年什麼的被逮捕。我這人還真是膽小啊。」

「幸好妳選了哲學書。」

「抱歉做了個無趣的選擇。」

拜託別一臉認真地道歉，這會讓我沒辦法把大人的玩具云云當成開玩笑。前後的溫差大到會讓人感冒。

「謝謝。」

和收到藤波的玉米湯時一樣，或許正因為是驚喜，更讓人覺得高興呢。

將禮物的內容提出來磨合，能夠保證滿足彼此——雖然我這麼認為，但是收到這種原先沒有期待的禮物一樣令人開心。

由於大多是舊書，文章想來會較為難以閱讀。但對我這個與其說是閱讀，不如說是在品味、咀嚼的鉛字中毒者來說，毫無疑問是一份珍貴的禮物。

讀完這些書應該要花上不少時間。

12月13日（星期日）　淺村悠太

打工完畢回到家，亞季子小姐已經去酒吧上班。老爸還醒著，大概是和綾瀨同學一起等我回家吧？

也不知是因為週日時間充足，還是因為今天是我的生日，綾瀨同學準備的晚餐比平常來得稍微豪華一點，主菜是烤牛肉。

此外，還有沙拉和馬鈴薯濃湯。

坐到餐桌前的老爸說了句：「喔，今天挺豪華的耶。」然後點點頭。

「嗯，這麼說來今天是悠太的生日啊。」

「原來你記得啊。」

「這是當然的吧？」

由於出乎預料，我這麼回應道。老爸聽到後則是一臉意外的表情。

「因為說了我和綾瀨同學的生日要與耶誕夜一起慶祝嘛。我還以為你已經忘記這個日子了。」

「嗯，如果沙季沒在晚餐花這麼多心思，或許我真的想不起來呢。」

「果然忘記啦？」

「哈哈哈。」

「別以為笑我就會原諒你。」

老爸笑了幾聲想蒙混過去。不過說穿了，我也不是真的生氣。對我們來說，這種互動很常見。

「唉呀好了啦。」

綾瀨同學苦笑著將飯碗遞來，於是我接下熱騰騰的白飯。接著我擺好三人份的筷子、泡了熱茶，再把分裝用的小盤放到每個人的位置上。

拿抹布擦桌子由老爸負責。這些工作分攤是亞季子小姐她們搬進家裡後自然而然決定下來的，我和老爸原本不會特地在飯前擦桌子，頂多就是吃完飯之後覺得髒才擦一下。

亞季子小姐身為調酒師，喜歡讓餐桌保持乾淨。綾瀨同學大概也是受到她的影響。如今，則是輪到我和老爸被她們兩個影響。

「我開動了。」

我們異口同聲說完，便開始吃晚飯。

老爸咬了一口烤牛肉，立刻嚷嚷著：「好好吃啊！」

「唉呀，沙季真會做菜。」

「老爸，這句話你昨天是不是也講過？」

「要講幾次都行，因為真的很好吃嘛！」

的。

這也算是一種傻爸爸行為吧。

綾瀨同學和往常一樣，不好意思地表示這沒什麼大不了。她說，這是用電子鍋做的。

「用電子鍋？」

「做得到喔。像布丁、鬆餅之類的也行。現在的電子鍋很優秀。」

「原來是這樣啊。」

炊飯我倒是試過。沒想到還有這種用法。

烤牛肉受熱均勻，內側呈現漂亮的粉紅色，口感不會太硬，咬下去肉汁四溢。沾醬裡洋蔥與醬油的味道與白飯交纏在一起——

「感覺來幾碗飯都吃得下。」

「多謝誇獎。費這番工夫值得了。」

綾瀨同學展露微笑，似乎很高興。

果然是因為我生日才做的吧？這麼一想，就讓我有種說不上來的欣喜。想著想著，筷子就停了下來，我回神後連忙把剩下的飯扒光。

「我再盛一碗。」

為了甩開尷尬，我起身走向保溫鍋。

吃完飯之後，老爸去準備洗澡水。綾瀨同學趁著兩人一起洗碗時，在我耳邊悄聲說道：

「待會兒來我房間。」

心臟猛然跳了一下。

綾瀨同學沒出聲，只用唇語。

禮、物。

簡單的幾個字，即使不用什麼讀唇術也看得出來。

我看準老爸洗澡的時機，輕敲綾瀨同學房間的門。

得到許可之後，我靜靜開門，悄悄入內。

在房裡等待的綾瀨同學說道：

「呃……其實真綾也有託我轉交。」

「妳說轉交……咦，該不會是禮物？」

她點點頭。

第四次驚喜。

我完全沒想到，在丸、藤波同學、讀賣前輩之後，還會從奈良坂同學那裡收到生日禮物。

「就從這個開始吧。真綾送的。」

她遞給我一本包裝好的書。

先後收到來自四個人的驚喜，其中有三人送的是書……

「……我看起來有這麼愛書嗎？」

「咦，不是嗎？」

她一本正經地說出這句話，我的嘴角不禁抽動。

而且，我拆開包裝之後，翻開包上書套的書一看，居然是《在戀愛中取勝的七種法則》。

敞開的書頁裡夾著某樣東西，還差點掉出去，我連忙用手按住。

那是一張略厚的卡片，上面印著HAPPY BIRTHDAY，框框裡則是奈良坂同學親手寫的字句。

『讀完這本書之後，拿下沙季的芳心吧♡』

這讓我露出了難以言喻的表情。

「怎麼了？出了什麼事？」

「沒什麼啦，沒什麼。」

我闔上書本，將它重新包好。

妳到底在寫什麼啊，奈良坂同學？當作沒看到吧。

「然後，這是我送的。」

以紅色包裝紙包得漂漂亮亮的禮物交到了我手上。打開一看，一如先前約好的是圍脖。材質輕柔，摸起來很舒服。之所以選擇明亮的顏色，則是因為考慮到我晚上要騎自行車回家，所以著重於讓汽車駕駛容易辨識。

即使事前就知道會收到什麼，依舊令人高興。不是驚喜也無妨。

「生日快樂。」

「謝謝。」

「至於蛋糕和蠟燭之類的，要等到耶誕夜就是了。」

「嗯，那當然。不過這點妳也一樣。全家一起慶祝吧。」

「嗯。」

12月13日（星期日）　淺村悠太

一週後就輪到我送禮物給綾瀨同學。

又是星期日——

我回想這次的事，隨即發現這個計畫的盲點。禮物她是偷偷交給我的，不過……

「就算是兄妹也會互相送禮，其實光明正大地給也可以吧？」

「要拿捏標準真的很難呢。」

不過，還是會希望慶生時不用在意別人的目光對吧——聽到綾瀨同學這麼說，我突然有了個主意。

「要不要調整班表早點下班，然後在外面吃飯？」

「咦……在外面吃……」

綾瀨同學眉頭微皺，但很快就看向我。

「不過生日一年只有一次，對吧？」

綾瀨同學說道。

「我會找間適合的店。」

「嗯，知道了。就這麼辦。」

老爸的「我洗好嘍」傳來，我嚇了一跳。但寢室門關上的聲音隨即響起，屋內再次安靜下來。

我告訴綾瀨同學，細節之後用ＬＩＮＥ講，然後離開她的房間。

12月13日（星期日）　淺村悠太

12月13日（星期日）　綾瀨沙季

枕邊的時鐘差不多要到零點了。

明天的預習已經完畢，澡也洗完了，只剩下睡覺。此時真綾彷彿看準這個時機似的傳LINE過來。

弟弟們都已入睡，該念的書也已念完，還在睡前看了深夜動畫，才會拖到這個時間。

真是的。

我切成擴音模式。

『沙季，有記得把禮物交給淺村同學嗎？』

第一句話居然是問這個？

「給他啦。」

『喔！怎麼樣啊～？』

「問我怎麼樣……他露出奇怪的表情，為什麼？」

『這樣啊這樣啊。很好很好，呵呵。』

該怎麼說呢？

這意味深長的笑聲讓我相當不安。

「那是書，對吧？」

從形狀和重量看來應該沒錯。

『是啊～淺村葛格超～愛看書對吧？』

為什麼要在這種時候換腔調啊？感覺能看見她在奸笑。

話說，淺村同學是我哥哥，根本不是真綾的哥哥耶。不知為何，和我聊天時，真綾一定會稱呼淺村同學為哥哥。大概就是因為這樣吧，感覺上好像淺村同學和真綾才是兄妹，我反而成了他們的朋友。

「那是書，對吧？就只是普通的書。」

『當然是書嘍，而且是對陷入煩惱的青少年很有幫助的好書喔～』

好假。既然如此，我也有我的辦法。

「聽起來很有意思。等他看完之後，我要不要也借來看呢？」

『不行，絕對不行！』

真綾立刻否決，速度快到連微米纖維都插不進去。

……明天逼問她吧。

『話說回來，沙季妳送什麼？』

聽到友人露骨地轉換話題，我悄悄嘆了口氣後回答：

「圍脖啊。」

我告訴她，我們事前已經磨合過彼此想要的東西，決定好要送什麼禮物。我認為這是個好方法，何況我也不希望難得的禮物變成白白浪費錢。

然而真綾聽到我這麼說之後大吃一驚。

『咦咦！難以置信！』

明明已經切成擴音模式，音量也不大，她的聲音卻響亮得能傳進腦袋深處。

「有、有什麼奇怪的嗎？」

聽到她驚訝到這種地步，反而讓我覺得驚訝。

『太乏味了！無趣無味無色！』

「正常來說都不會有顏色吧？」

『不是這個問題啦！懂不懂啊，沙季之丞！』

「之前妳不是用沙季之介嗎？」

『要我用沙季五郎嗎？』

「不要。」

『那種事不重要啦！不要離題想蒙混過關！』

先離題的是妳耶。

『明明驚喜才是禮物的樂趣所在～！』

這人抱怨連連。

驚喜。

可是在我看來，出其不意的禮物，對彼此有益的可能性趨近於零耶。說穿了，禮物是送給別人的，認為自己能精準掌握對方喜好不是很傲慢嗎？

然而真綾對我這種意見不屑一顧。

她再三強調，驚喜能讓對方開心、興奮。

『送有益處的東西，那是平常該用的招數！』

「這話是什麼意思？」

『意思是，想要的東西反而可以平常講好之後三不五時就送啊。為什麼要在重大節日時送那種東西啦～』

「不就因為是重大節日嗎？」

『如果發展和預測一樣，會從記憶裡消失不是嗎？就是要嚇一跳才會記得啦。能夠出乎意料、讓人心跳加速才叫做娛樂吧！』

「啊、喔……是這樣嗎……？」

真綾的舉例方式還是一樣獨特。每當她拿動畫、遊戲、漫畫來舉例，我就無法判斷是否合理，會覺得「真的是這樣嗎」。到頭來，我還是會一直思考到能夠接受人家的邏輯為止，有些時候甚至會逼問對方。

大概就是因為這樣才會惹人厭吧。一旦無法理解，我就會忍不住發問。

——驚喜的優點嗎？

既然真綾如此堅持，代表它值得考慮。

事情已經過去了，也無可奈何。

如果驚喜真的很重要，那就明年再挑戰。保險起見，還是向淺村同學確認一下好了

——問他討不討厭驚喜。

接下來，真綾開始向我說明驚喜究竟有多重要。

一會兒後，無法抵擋睡魔的我漸漸睜不開眼睛，於是我和真綾自然而然地結束對談，互道晚安後掛斷電話。然後我就這麼倒在床上。

我抱著枕頭想。

如果驚喜那麼重要，拜託早點告訴我。

12月13日（星期日）　綾瀨沙季

12月19日（星期六） 淺村悠太

枕邊的電子鐘顯示06：30。

只不過是身體稍微動一下，冬季早晨的冷空氣就從棉被縫隙鑽進來，令我冷得渾身發抖。窗外還很暗。

在接近冬至的這個時期，日出應該還要等個十五分鐘才對。

順帶一提，所謂的冬至，就是太陽抵達正南方時高度最低的一天。

它會悄悄從東邊露臉，悠哉地從低空劃過，最後悄悄沉沒。

也因此夜晚很長。

日本的破曉還很遠。

「真不想在周圍還暗著的時候起床啊……」

我縮在被窩裡自言自語，思考今天的行程。

我的生日到明天正好一週。

換句話說，綾瀨同學的生日要到了。

她想要的生日禮物是「適合用來洗澡的肥皂」。我搜尋之後，發現自家所在的澀谷就有沐浴用品專賣店。我決定去那裡買些好看的肥皂。

這幾天忙著補習和打工，實在抽不出時間去買東西。要買肥皂的店距離補習班不遠，所以我打算趁週六上課的空檔去買。

我在腦中安排行程。

此外，我最近有個小小的想法。

出乎意料地收到藤波同學和讀賣前輩的禮物，得知驚喜能讓人有多開心之後，我希望送給綾瀨同學的東西也能帶點驚奇。沒錯，驚奇能為戀愛增添情趣——《在戀愛中取勝的七種法則》也這麼寫，雖然那本書是否值得相信仍舊令人懷疑。

當然，我也不想弄些給人添麻煩的驚喜。有沒有什麼不至於變成自己一頭熱，又能讓對方嚇一跳的東西呢？

好比說，禮物維持原樣，但是額外加點東西進去……

就在我拿假日當藉口躺在床上思考時，催我起床的電子音響起。

我一腳踢開被子。

窗外早已大放光明。

換好衣服走到起居室，便看見今天沒上班的老爸，與下班回家準備晚點去睡的亞季子小姐倚著沙發。

沒看見綾瀨同學。

「要找沙季的話，她已經吃完早飯回房間嘍。」

見亞季子小姐打算起身，我告訴她沒關係，要她安心休息。

我的早餐還在桌上。

飯在保溫鍋裡，味噌湯應該在湯鍋裡。

我加熱味噌湯並盛飯。主菜是奶油烤鮭魚，撥開銀色的鋁箔紙之後，微溫的粉紅色魚肉出現在眼前。手伸向醬油瓶時，我突然想起日前吃餃子時的對話。

我挾了一塊魚肉，試著直接送進嘴裡。

——好甜。

首先感受到的是甜味。不只是奶油的甜。

原本只用鹽和胡椒調味的烤鮭魚上放了檸檬，多了點能用舌尖感受到的酸味。大概是因為調味偏淡才吃得出來吧。

鮭魚本來是這種味道嗎？感覺很新鮮。我還以為早已吃習慣了。明明很好吃，不知為何卻讓人有點不甘心。總覺得好怪。

以胡椒鹽為底的清淡調味似乎是綾瀨家的基本方針，如果口味要重一點，就利用桌子中央的調味料架弄成自己喜歡的味道。

這也是一種「磨合」，不必遷就任何一個家庭的味道。

我拿起調味料架上的醬油瓶。

接著把醬油倒進小碟子裡，第二口試著沾醬油再吃。一如往常的味道。不過，這樣果然也很好吃。

「嗯～換句話說……」

不就只是我喜歡醬油嗎？

我好像在假日早晨領悟了一門叫做「何謂料理的味道」的哲學。

「……太。」

思緒轉個不停的我，突然聽到某個聲音。是老爸。我把哲學往桌上一丟，轉頭看向起居室。

「抱歉，你剛剛叫我？」

「啊，你在想事情嗎？」

「嗯……思考某些問題。所以，有什麼事嗎？」

要是告訴老爸我沉浸在醬油與胡椒鹽帶來的料理哲學之中，他大概也不知道該怎麼回應吧。

「今年我也打算回老家一趟，悠太你能空出時間嗎？」

「我……是可以啦。」

我反射性地看向亞季子小姐。不過繼母似乎已經知道這件事，笑著點點頭。

「也告訴沙季了，悠太你是最後一個。有別的安排嗎？」

「啊，我沒問題。」

我連忙點頭。

老爸的家鄉在長野。他大學是在東京讀的，似乎是因為升學才搬來東京住，畢業後也就這麼留在東京。

每年過新年時親戚回老家聚首是慣例，我小時候正月大多都在長野過。

小學時，生母也是每年都會跟著老爸返鄉。

只不過，她應該直到最後都沒有對老爸的親戚們敞開心扉。回程車上，她往往對那些親戚諸多埋怨，我則是懷著複雜的心情聽她講。我自己和堂表兄弟姊妹們處得還算融洽，所以有種愉快回憶被潑冷水的感覺。

「太好了。那麼，就可以大家一起去嘍。」

亞季子小姐笑著說道。

這表示綾瀨同學應該也沒問題。

此時，我突然有個疑問。

「亞季子小姐不用返鄉嗎？」

雖說「返鄉」這種習俗在現代幾乎已經沒了，但是「好歹想在新年看看離家生活的孩子」這種心情不可能消失。

不過，亞季子小姐聽到我的問題後，面露苦笑。

「我家的親戚啊，大家都各過各的，也沒什麼特別的聚會。」

即使如此，亞季子小姐還是考慮明年盂蘭盆節前後回去一趟。

一方面也因為剛開始新生活，今年事情很多，所以根本抽不出空回去的樣子。

「嗯，我也是剛過了忙碌的顛峰期嘛。今年過年應該能久違地悠哉一陣子。」

「我29日到5日也排好假了。」

12月19日（星期六）　淺村悠太

亞季子小姐是在澀谷的酒吧工作，過年期間應該還是會有人去他們店裡喝酒……這個疑問大概寫在我的臉上了吧。

「平常總是工作滿檔，好歹今年的過年休息一下嘍。」

「那就好。」

老爸忙碌時的加班時間雖然很誇張，但亞季子小姐那種時段不規律的夜班也不遑多讓。

而且酒館是下班後的休閒場所，所以週末不見得能放假。

真希望亞季子小姐能好好休息。然而她似乎是不工作就會忙家事的人，還說了「至少在寒假期間讓沙季休息，我來做點孩子們愛吃的東西吧」這種話。

「我覺得，綾瀨同學反而會希望媽媽至少在寒假期間休息。做飯我會幫忙。」

「媽媽……」

「咦？」

其實我是指「綾瀨同學的媽媽」。儘管如此，看見她感動的臉後，我實在沒辦法訂正——也不需要這麼做——於是把後面的話吞回肚子裡。

「我也贊成悠太的意見。至少寒假期間妳可以放鬆一下吧？孩子們也已經不是需要花那麼多心力照料的年紀了。更何況，就算沒有休假，妳逮到時間一樣會親自下廚，不是嗎？」

「咦，是、是這樣嗎？」

「就是這樣。上週妳做的焗烤好好吃啊。」

「我還會再做的。」

「謝謝。」

說著，老爸微微一笑。亞季子小姐也露出笑容。

我在心中對他們說「多謝款待」。

「啊，對了。」

亞季子小姐剛剛說的話在腦中揮之不去，於是我開口問道：

「綾瀨同學喜歡什麼食物啊？」

亞季子小姐看向我。

「你是問她愛吃什麼嗎？」

「嗯。妳剛剛說要做我們愛吃的東西。」

亞季子小姐以手指抵著下巴，看向天花板。

「這個嘛，可能是因為她小時候我忙著工作，沒辦法做些太花時間的東西吧？她好像喜歡些比較費工的菜，像是高麗菜捲、紅酒燉牛肉之類的。」

原來如此，燉煮類啊。

「不過，可能只有紅酒燉牛肉她比較喜歡在外面吃。」

「咦，原來是這樣嗎？」

綾瀨同學給人不太在外面吃飯的印象，所以我很驚訝。

「在她小時候，我們家附近有間很好吃的洋食店，她很中意在那裡吃到的紅酒燉牛肉。」

「原來是這樣啊。」

「雖然我在家裡也試著做給她吃過就是了。」

亞季子小姐說她實在沒辦法重現那個味道。會不會是超市買的肉做不到呢——她疑惑地說道。

「這麼說來，你們兩個明天會吃完飯才回家，對吧？」

「對。倒也不是只有我們兩個，還有打工的同事。」

明天要在外面吃飯這件事，我們已經事先向老爸和亞季子小姐報備。如果兩人都不說一聲就晚歸，會讓他們擔心吧。

於是我撒了個小小的謊，讓父母以為不是只有我們兩人，而是和打工同事聯絡感情。雖然做出這種像是欺騙的行為讓人很難受，但是我用「為了保守更大的祕密，這也是不得已」來說服自己。說不定，謊言會像滾雪球一樣變得愈來愈多——我不禁思考起這種宛如童話教訓的事。

「難道是因為沙季生日，你才會問她愛吃什麼？」

「呃，是啊。雖然不是慶生會，不過機會難得——大概是這種感覺。我問她愛吃什麼這件事，還請保密。」

「真是個好哥哥。」

「啊哈哈，這很普通啦。」

沒錯，這很普通。哥哥為妹妹的生日花心思，在親兄妹來說也很常見。兩個人在外面吃飯應該也不足為奇。

也就是說，我和綾瀨同學的關係，還在能夠拿兄妹當藉口的範圍內。

吃完已經放到涼透的魚之後，我和平常的週六一樣前往補習班。

上午的課結束，接著是五十分鐘的午休。

如果要買送給綾瀨同學的禮物，趁現在快去快回，應該還趕得上聽下午的課。

我匆匆收拾東西，走出教室。前往建築物出口的途中，我在走廊上發現某位熟人迎面而來。

「喔？已經要回去啦？」

高個子女生——藤波。

「不，有點事要離開一下而已。」

「這樣啊。那再見啦。」

我倆簡短地打完招呼後錯身而過。一走出建築，冬季的灰色天空便竄入眼裡。

橫越道路的風搖晃電線，發出尖銳的聲響。

我把脖子包緊，加快腳步。

我打算去的沐浴用品專賣店，在澀谷車站附近的綜合商業設施有好幾間。雖然沒空全部逛過，但我有事先透過網路上刊載的情報鎖定店家。

不過，在看見店門的那一刻，我的腳步頓了一下。

這種情況，讓人不太想踏進去呢。

可能因為是假日吧，店裡雖然有好幾位女客，卻沒有男性。我原本以為沐浴用品不分什麼男女，看樣子並非如此。

這間以褐與白為主要色調的店家儘管不怎麼寬敞，架上卻擺了許多商品。綾瀨同學要的是「適合用來洗澡的肥皂」。

我下定決心，走入店裡。

周圍顧客都是女性，感覺有點尷尬，但我告訴自己都是為了禮物。

肥皂是哪個？

沒看到任何熟悉的包裝，令我十分焦急。

「請問您要找怎樣的商品？」

有人搭話，害得我的心臟猛然跳了一下。

回頭一看，一名穿著圍裙的女性面帶笑容詢問我。

「啊，呃……」

「需要我效勞嗎？」

她始終保持「您若有需要我就會幫忙」的態度，沒有對顧客造成半點壓迫感。這人是專業的。我自己也有在書店打工，所以很清楚有些客人不太擅長和店員溝通。呃，雖

然我也是。

「那個，請問肥皂在……」

「在這裡。」

「謝謝妳。」

我輕輕點頭後，店員快步離去。她大概已經看出我不太擅長應付店員吧，所以沒有推薦任何品項。真是幫了大忙。

說起肥皂，會想到不起眼方盒裡的廉價肥皂。但眼前擺在架上的沐浴皂，和我想像的不太一樣。

我想像中是乳白色的方形物體，然而放在那裡的，有些五彩繽紛，有些晶瑩剔透，有些呈現大理石花紋，簡直就像寶石或義式冰淇淋。

大概是要讓人看見內容物吧，這些肥皂都採用透明塑膠包裝，樣品是拆封的。

我試著拿起一塊確認氣味。上面寫著洋甘菊的，有股熟悉的香草茶氣味；至於寫著薰衣草的，理所當然地有薰衣草味。除了花，也有食品、草木的香氣。

若以和圍脖相當的金額來算，應該能買兩、三塊。好啦，該選哪些呢……

「綾瀨同學可能會喜歡的是……」

老實說，我對香味不太了解。也不清楚綾瀨同學的喜好。

不過現在的我，有好友丸的寶貴建議。

『對於有好感的對象，讓對方知道自己下過一番工夫也很重要喔。』

送禮時，設身處地為對方著想很重要。但是，無論考慮到什麼程度，終究不是同一個人，不太可能百分之百讀出對方的想法。也正因為如此，我和綾瀨同學才會事先將自己想要的東西告訴對方。

然而，就算知道想要圍脖和肥皂，也不過是得知必要條件，並非充分條件。

左手下意識地滑過頸部。

那裡纏著一週前從綾瀨同學手中收到的禮物。她在挑選時，應該也不是抱著「只要是圍脖就行」的念頭，而是確認過顏色、圖案、觸感之後才下決定。

挑選禮物這段時間，她考慮的一直是我。至於我為什麼會明白……

好比說顏色。

和我平常穿衣的配色很相似。

若要說得更清楚一點，和先前一起去買我的衣服時她幫我挑的衣服很搭。上面沒有圖案或花紋，也讓我想起那時綾瀨同學說過的話。記得她說過，單色的比較好搭配。

12 月 19 日（星期六）　淺村悠太

這就能讓人明白，她是經過一番考慮才做出選擇的。

想到這裡，便會覺得此時該考慮她的狀況，而非只要好看的肥皂就行了。

我試著回想她平常穿的衣服和配戴的小飾品。

如果要配合那些來選，是否該挑比較鮮豔的顏色呢？

就在我把手伸向有某塊雕有華麗薔薇的肥皂時，腦中有個聲音要我等等，該進一步思考。

「穿著打扮是武裝」，這是綾瀨同學的原則。

她會在什麼時候使用沐浴皂？綾瀨同學每天都會等到最後才洗澡。預習完明天的上課範圍，身心已經放鬆，該做的事只剩睡覺時。

她會連這種時候都要打扮得顯眼、漂亮嗎？

我看向商品陳列區，有精心雕出花朵意象的肥皂，也有近似簡單立方體的……

煩惱過後，我選了洋甘菊、薰衣草、檸檬草的肥皂，以及旁邊的肥皂起泡袋。我原本以為那是裝肥皂的小袋子，仔細一看才發現似乎是讓肥皂起泡時用的。總之說明書上是這麼寫的。

全都拿到櫃台後，我告訴店員這是生日禮物，麻煩她幫忙包裝。負責結帳的正是一開始對我搭話的女性。她露出微笑，簡短地應了聲：「好。」

她沒拿手邊的耶誕色包裝紙，而是拿出賀禮用的——我想應該是吧——花朵圖案包裝紙，以眼神詢問「這個？」

我點點頭，店員小姐便細心地將價格標籤剝掉，把商品放進禮盒內開始包裝。

看著她一邊轉著包裝紙一邊俐落地處理，讓我想到自己最近當書店店員被包裝搞得焦頭爛額，而且今天補習班下課後的打工多半也會忙得不可開交。因此我在內心感謝她為我包得那麼漂亮。

結完帳，我走出店門。

補習班下課後，我騎車趕往打工地點。

換好衣服走進辦公室，發現排班在同一個時段的打工夥伴特別多。

今天人手似乎相當多。扣掉我和綾瀨同學、讀賣前輩，另外還動員了三人。

看樣子是考慮到愈接近耶誕會愈忙碌，所以額外安排了人手。

店裡果然還是很多人。

我們都沒空閒聊，在收銀台和賣場之間奔波。

短暫的休息時間。恰好有那麼一瞬間，只剩我和讀賣前輩留在辦公室。

「那個，前輩……可以打擾一下嗎？」

「三分鐘算你一百圓就好。」

「……下次請妳喝罐裝咖啡。」

「後輩你也學乖了嘛～所以，沙季她怎麼啦？」

心跳微妙地變快了。她怎麼會知道？

「青少年心裡在想什麼，姊姊我可是看得一清二楚喔。好啦，說來聽聽。出了什麼事呀？像是想知道旅館怎麼訂？是不是有人覺得對你們來說還太早啊？不過，該**做**的時候就要好好做喔？」

「拜託別用發音的變化來講下流哏。」

看來讀賣前輩腦內的大叔還是一樣狀況絕佳。雖然現在已經不是昭和，甚至也不是平成，她這樣已經是不折不扣的性騷擾了。

不對——不行，和這個人講話，不可能三分鐘就結束。

不曉得兩罐咖啡夠不夠……

「呃，所以說，妳知不知道附近哪家洋食店有好吃的紅酒燉牛肉？」

「紅酒燉牛肉？呵呵，後輩，你終於變成肉食系男子啦？」

「並不是。」

我沒好氣地瞪了讀賣前輩一眼，她才嘀咕了句「我想想……」然後陷入沉思。

「洋食店啊～嗯，我知道不少家喔。從工藤老師帶我去的很貴～的店，到對錢包很友善的平價店都有。然後，除了紅酒燉牛肉好吃以外，還有什麼條件？」

「這個嘛。呃，我還是高中生，要是價格昂貴、規矩多的地方就不太適合……」

「嗯。」

「不過那種比較有特色，能讓人吃一驚的店，應該會更好。」

「真是挑剔啊。話說回來，這也就表示有個你想給她驚喜的對象，而且你打算帶她去吃飯喔——」

讀賣前輩露出不懷好意的笑容。

「打算沙季生日在外面吃飯是嗎～？記得是明天對吧～」

「嗯，是啊。」

「好好喔～在有美食的店約會啊～好好喔～」

「這是跟家人吃飯啦。所以說，呃，還望妳能以人生前輩的立場稍微指點一下後

輩。」

「姿態放得很低呢～很好很好。喔，所以明天才會排晚上六點下班啊！這麼一來你考慮的，應該是距離不遠，移動只要十五分鐘左右的店嘍？然後，你打算在餐廳從六點半待到八點左右……」

為什麼連人家的安排都猜得那麼精準啊？眼前這位只有外表是和風清純美女大學生的人，有時我還真想掃描一下她的腦子。

「讀賣前輩，妳什麼時候變成福爾摩斯啦？」

「這是常識，我親愛的華生！雖然呢，實際上福爾摩斯在正傳裡頭沒說過這句話就是了。」

原來是這樣嗎？這句台詞有名到連我也聽過耶。

「『很像這人會說出口的話』這類的台詞啊，有時候會比實際說過的更令人印象深刻喔。所謂迷因就是這麼形成的。」

「喔，原來如此。」

「題外話就此打住。了解了解。我晚點查一下之後，會再傳ＬＩＮＥ給你。包在我身上！」

讀賣前輩說完，揮揮手轉過身去。

「謝謝前輩！」

聽到我的聲音後，那個背影快步離開辦公室。

我起先還疑惑她為何走這麼快，隨即發現問題所在。我看向牆上時鐘。

長針剛剛走過三分鐘的距離，休息時間結束了。

……該怎麼講，這位前輩就許多方面來說都很厲害。

一時愣住的我，很快就想起自己的分內工作。

回到賣場，看見客人變得比剛才還要多，讓我有點無力。

看樣子，耶誕夜當天的打工會是一場激戰。

抬頭所見的天空，宛如關掉電源的螢幕般一片黑暗。因為耶誕假期而沸騰的鬧區燈火，朝黑色夜空伸出手。

打工結束後，一如往常的歸途。我推著自行車走在綾瀨同學旁邊。

「你戴著啊？」

綾瀨同學看著我的頸部說道。路燈照耀下的俏臉浮現些許喜色。

「那當然嘍。感覺很暖和，真的幫了個大忙。謝謝。」

「嗯。能派上用場就好。欸，明天的店決定好了嗎？」

她甩了甩短髮，這麼問道。

「抱歉，還沒。不過我會先訂好位子。」

除了讀賣前輩之外，我也不著痕跡地詢問過丸，但是兩人都還沒回應。我打算回家之後試著再上網搜尋。

令我有點擔心的是，在網路上已經看到不少店客滿到無法訂位了，再加上明天是離耶誕夜最近的週日，如果每一間店都訂不到該怎麼辦……

唉，想這些也沒用。非找到不可。

「敬請期待嘍。」

不給自己留後路的台詞脫口而出，讓我在內心抱頭叫苦。但是，已經出口的話收不回來。

「嗯……？嗯，真期待。」

我這句話似乎讓綾瀨同學覺得有些蹊蹺。

大概是因為我沒說「真期待」而是說「敬請期待」吧。真驚險。綾瀨同學腦袋運轉很快，短短幾個字就可能察覺我有所安排。

知道自己不擅長轉移話題的我，只能老實地保持沉默。

回到家裡——

我和綾瀨同學一起吃了晚飯。

「那麼，明天見。」

「嗯，晚安。」

目送她窩回房間後，我也回到自己房間。

正打算在洗澡前上網搜尋時，手機響起來訊通知音。

讀賣前輩的名字出現在預覽畫面上。

我連忙點開ＬＩＮＥ。

裡面列出了她推薦的洋食店店名和網址。

我回訊表達謝意。

補充說明隨著第二次通知音到來。

【前面是工藤老師推薦的，不過大概都訂滿了（雖然味道可以保證！）所以，我在後面追加了比較沒名氣，但現在應該還有位子的好店喔～加油。】

讀到最後，我不禁苦笑。加油是要加什麼油啊？

我再度回訊致謝，然後將她傳來的網址一個個點開。

確實就像讀賣前輩補充說明的那樣，列在前面的店家訂位都滿了。而且可能因為是大學副教授會推薦的店家吧，對於高中生來說有點貴。

時間接近深夜，所以有些店已經打烊。還好，幾乎每一間店都能用網路訂位。說不定前輩是特地為我選出這樣的店的。

我選出有綾瀨同學喜歡的紅酒燉牛肉，價格對高中生來說也不至於太貴的店，確認有沒有空位。

某間離鬧區中心和車站都不遠的商業設施，樓上有一間符合的洋食店。

訂位狀況是△，應該還來得及。

我連忙用自己的名字登記了兩人。這是我有生以來第一次訂餐廳的位置，所以很緊張。

喘口氣之後，發現讀賣前輩又傳了訊息過來。

【欸欸，最近有沒有熱門的新片？會讓人想去電影院看的那種。】

電影？

儘管覺得很突然，我還是把畫面切往放入書籤的電影相關網站。

然後捲動畫面，翻找已經公開的新作一覽表。

「啊，對喔，這部好像是這個週末上映。」

某位知名動畫導演隔了三年推出的新作昨天上映，我完全忘了這件事。

一方面也是希望沒有任何先入為主的觀念，所以我除了片名以外什麼都不知道。但他的前作、前前作、前前前作都很有意思，想必這回也不例外。我很喜歡這位導演那種自然的日常描寫手法。

他的作品只要上映就會成為話題。儘管才上映兩天，不過社群網站上的感想和評論應該已經堆積如山。

雖然我不希望被洩漏劇情，所以沒看。

我補上片名和作品首頁，回傳：【大概是這個吧～】

【喔，原來如此。這樣啊這樣啊～】

讀賣前輩好像也知道這部片。

話又說回來，為什麼突然問起電影？該不會，她又要找我一起去看？

可是，現在我已經明白自己對綾瀨同學的心意，就算對方是職場前輩，要我和她兩

個人去看電影，還是會讓我猶豫。

【話又說回來，妳問得還真突然呢。】

我順手傳這條訊息過去之後，讀賣前輩彷彿早有準備一般，很快就有了回應。

【我考慮先看完之後把劇情告訴你！】

安定的讀賣前輩。

【拜託千萬不要。】

已經等了三年。雖說大概是玩笑話，但就算是玩笑，我也不想聽人家洩漏劇情。

她大概只是單純想看電影吧。

應該是我自己想太多，感覺有點尷尬。

我再次傳訊感謝她提供店家情報並道晚安。

明天就是綾瀨同學的生日。

確認有收到訂位成功的簡訊後，我上床就寢。

12月19日（星期六） 綾瀨沙季

我早該想到假日的表參道會很擁擠。

人行道上滿滿的人，視野都被遮住了。車道上的車也只能慢吞吞地前進。

而且，現在正好是中午，許多要吃飯的人在街上晃。

我看向手機，確認地圖App。

記得是一間正對著補習班的咖啡廳。

——怪了？這間補習班……

名字似乎有印象。

「沙季～！這裡這裡！」

聽到有人呼喚我，於是我抬起頭。

道路另一邊，有個在人群裡蹦蹦跳跳還揮著手的少女，真想當成沒看到。

我趕緊跑過去。

「真綾，這樣很丟臉吧！」

「哪裡丟臉？」

她一本正經地回問，我瞬間懷疑起自己的感性。咦，奇怪的人是我？

「唉。算了，不重要。」

說著，我加入真綾排的隊伍。

這是一家有露天座位的咖啡廳。店外擺了三張四人桌。儘管這個時期有點冷，但已經坐滿了。

法語？英語？招牌上寫著唸不出來的店名，而我們就排在它旁邊。風好冷，真想早點進去。結果沒過多久，店員就走了出來，向排隊的客人確認是否有訂位。

店員來到我們面前。

「我是奈良坂。兩個人。」

「好的。訂十二點半的奈良坂小姐對吧？」

於是我們脫離隊伍，被店員領進屋裡。

不愧是以「都會綠洲」為概念的店，放了不少翠綠色觀葉植物。店內甚至設有一處小小的泉水，能聽到淅瀝瀝的水流聲。

看得見街道的窗邊，有個「預約席」的三角立牌。是一張兩人座的漂亮木紋桌。

坐下之後，在窗戶另一邊——街道的對面，就是出現在地圖App上的補習班招牌。

注意到這點之後，我恍然大悟。

有印象也是理所當然的，不就是淺村同學去上課的那間補習班嗎？

我不由得拿起手機確認時間，12：32。這個時間，上午的課大概剛結束。

「怎麼啦怎麼啦？看見什麼了嗎～？」

聽到真綾的聲音，我連忙將目光從窗外拉回，轉頭看向她。

「沒什麼。」

「嗯～？」

「啊，妳看，菜單。」

我準備將桌上對折的菜單遞給真綾，她卻伸手制止我。

「沒關係。今天我請客嘛，已經訂好嘍～」

「原來是這樣啊。」

「真期待他們的鬆餅呢……好啦，妳剛剛在看什麼？」

「……所以說，什麼也沒——」

「啊，是淺村同學！」

我連忙看向窗外。啊。該不會這是在釣我？當我想到這點時，卻真的看見淺村同學的身影。

從補習班那棟建築走出來的淺村同學，快步往某處跑去。

現在應該是休息時間，他大概是要在外面吃飯吧？

他擠進人群裡，轉眼間就消失無蹤。

「那裡是補習班？原來他有去那種地方啊。」

「他暑假就開始在那裡上課啦。」

「嘿～喔～嗯～哥哥的行程掌握得很清楚嘛～這麼說來，聽說淺村同學的考試成績進步了？」

她從哪裡得來的情報啊？不過這是事實，所以我點點頭。以兄妹來說，知道這點小事也是理所當然的。

「原來那是補習的成果啊～不過他還真急耶，就連我揮手揮得那麼用力他都沒注意到呢～」

「揮手……？」

咦，隔窗揮手？不會覺得很不好意思嗎？我連忙環顧周圍，該說幸好嗎？大家都在吃東西，沒人注意我們這邊。

「他完全沒注意到耶～」

「那是當然的吧？」

表參道的馬路，是一側兩線還保留了停車空間的大路。再加上中央有分隔島，成排行道樹也會遮蔽視野。

就算馬路對面那家店裡的客人對自己揮手，大概也不會注意到吧。

對我來說倒是值得慶幸。我不太想被看見，因為有可能讓他誤以為我是想見他才跑來的。

「可是，沙季不是馬上就發現他了嗎。」

「唔。那、那是因為……我們是兄妹嘛。」

「嘻嘻。」

「唉。所以說，事情不是這樣——」

對話的節奏又被牽著走了。雖然向來如此。

「讓兩位久等了。」

店員的聲音令我抬起了頭。

看見端上來的東西，我不禁叫出聲。

真綾對我說「去有名的鬆餅店慶祝生日吧」是週五，也就是昨天。她原本要約週日而我拜託她改成週六，因此訂位應該也是昨天才對。所以，我原本只把她那句話當成「一起吃個飯吧」看待。

「生日快樂，沙季！」

端上桌的東西，並不是單純的鬆餅。

蛋糕上面以巧克力寫著「Happy Birthday」，還插著可愛的蠟燭。店員小姐從圍裙裡拿出點火器幫忙點上蠟燭，然後哼起生日快樂歌的旋律，真綾也配合著唱了起來。聲音不小，所以周圍的客人都往我們這邊看。

「好啦好啦，吹蠟燭！」

在真綾催促下，我連忙吹熄蠟燭。

盛大的掌聲響起。

大、大家都在看……

Happy

就連周圍的客人也笑著為我們拍手。雖然開心，不過這樣實在尷尬。真的很不好意思。第一次有人這樣為我慶生。

「這就是驚喜喔！哼哼！」

真綾挺胸扠腰，一臉得意。

「最後的得意是多餘的。」

「也就是妳非常喜歡的意思嘍！」

「為什麼會變這樣啊？」

「呵呵。不過妳很開心吧？」

「呃，嗯。這個嘛……感覺不壞吧。」

「然後，這是生日禮物。」

「咦？不，讓妳請客就已經夠了吧？」

「不是什麼大不了的東西啦。好啦好啦，打開看看。」

由於是能放在掌心的大小，所以我沒特別提防。打開包裝紙一看，裡面裝的是——唇膏。

「如果是這個，有多少都沒關係吧！」

「這……也對。」

我拿起來仔細打量，隨即為真綾的眼光讚嘆。

首先，唇膏管的設計相當可愛。雖然上頭沒什麼華麗的圖案，接近單純的圓管，但像是中間稍微內縮的部分、蓋子與手持部位的顏色組合等，都很符合我的喜好，感覺很不錯。

我轉了一下，看看它的紅色。不會太搶眼，就算高中生日常使用應該也無妨。

「我選了有保濕成分的喔～畢竟是乾燥的季節嘛。」

「……謝謝。」

可以體會到她在挑選禮物時費了一番心思。

我從來不覺得母女相依為命的日子很苦。話雖如此，但因為要以生活為優先，所以媽媽送生日禮物時，我也都要求些偏重實用的。

而且，朋友像這樣為我慶祝生日，恐怕也是第一次。說穿了，以前根本沒有會為我慶生的朋友。和真綾變得這麼親密，也是最近的事。大概是從她說想看淺村同學而硬是跑來家裡那時開始的吧。

完全沒料到她會送我禮物，應該也占了很大的比例。

「所以，如何啊？收到驚喜的感想～」

「嗯，不甘心。」

「那算什麼啊！」

「呵呵。」

謝謝。

不過——

既然這麼重要，希望妳能早點告訴我。真的。

沒能在淺村同學的生日給他驚喜，讓我很懊悔。要是早點知道驚喜能讓人這麼開心，我就會想些點子了。

鬆餅非常好吃。

這天打工結束後。

我和淺村同學走在回公寓的路上。

穿過鬧區，照亮道路的燈也少了，些許星光回到夜空。仰頭望去，能看見黑色畫布上有三顆明星像腰帶的洞一樣呈等間隔排列。那些星星，是什麼星座啊？問淺村同學他會告訴我嗎？

我偷偷瞄向他的脖子。

「你戴著啊。」

「那當然嘍。感覺很暖和，真的幫了個大忙。謝謝。」

看見他戴著我買的圍脖，居然會讓人這麼開心。

而且，明天是我的生日。我們已經得到繼父和媽媽的許可，約好兩個人在外面吃飯。和喜歡的人過生日還是第一次，讓我心裡有些小鹿亂撞。

我不著痕跡地問了一下，看來他還沒決定要去哪一間店。

敬請期待嘍。

聽到這句話，我瞬間覺得事情有些蹊蹺。

「嗯……？」

我不禁出了聲，趕緊又說：「嗯，真期待。」假裝不知道。

敬請期待？

奇怪的說法。

如果已經決定店家，倒是能當成「那是間好店，敬請期待」來看待……

不過，淺村同學剛剛說還沒決定好店家。在還沒決定要去哪裡的狀態下，說出「敬請期待」究竟是……？

這不就表示，他在策劃些什麼……

腦袋東想西想之下，我自然變得一語不發，淺村同學也就此打住，因此到家前有充分的時間思考。

該不會……

淺村同學準備了什麼驚喜？

不過，如果是這樣，追究下去不會讓任何人幸福吧？驚喜是美好的東西，我今天才學到這一點。

所以，我希望在不知道內容的情況下期待。

抵達自家公寓後，一如往常地和淺村同學一起吃晚飯、互道晚安後，我便回到自己房間。

預習完課業，泡個澡，然後上床。

我一邊設定鬧鐘，一邊回想今天的事。

好比說，下次真綾生日時，我也想給她點驚喜。好比說，明天吃飯時，不知道淺村同學會送我什麼。

話又說回來——

淺村同學脫口而出引起我疑心的話，只有一句。

不是「真期待」，而是「敬請期待」。僅僅些許差異，就令我猜測他說不定想讓我嚇一跳。

在鑽進被窩的同時，我突然想到。

這不就表示，對於「淺村悠太這個人的發言」，我的解讀能力有所提升？

雖然不擅長現代文的我，實在沒自信能正確閱讀名為淺村悠太的書。

我有點期待明晚對答案了。

在爸爸不回家、媽媽要上班那時，我明明是個連耶誕老人都不期待的小孩。

如今居然會這麼興奮地迎接生日。

被窩經過體溫加熱後的暖意帶走我的意識，讓我落入睡眠的深淵。

醒來之後，就是綾瀨沙季的十七歲生日。

——晚安。

12月19日（星期六）　綾瀨沙季

12月20日（星期日） 淺村悠太

今天一整天，我都心神不寧。

打從早上起床，我就有點坐立難安。下午在書店工作時也心不在焉。

就這樣，時間飛逝。

今天是晚上六點下班，只剩三十分鐘左右。

耶誕將近，澀谷的人愈來愈多，早下班也讓我覺得過意不去。

十二月後半的書店，本來就不是普通忙碌。

過年期間物流停擺，平常月底才出的新書也會提前，這個時候已經發售。

換句話說，會一口氣冒出比平常多的新書。

沒錯，這就是所謂的「年底趕工」。這種讓作家和編輯都要哭著道歉的地獄時程表，帶來的結果讓書店也被迫提前忙碌。

一個星期內出的新書別說十本了，甚至會到二十本，這種情況下放新書的平台根本沒位置，需要特別調整擺放方式，宣傳標語書寫的量也會暫時翻倍。

然後，不曉得這種事的顧客，和平常一樣來買書時會搞不清楚狀況，店員必須處理……

有人心情浮動時，也有人正在流汗工作，就這樣地球依然轉動。只能感謝。

但願輪到別人心情浮動的時候，我也能幫上忙。

這麼說來，記得今天接替我和綾瀨同學的是讀賣前輩。

我在下班前開始整理書架，好歹要為準備上工的打工同伴減少雜事。

到了下班時間，我回到辦公室。

「咦？」

打開門，我吃了一驚。

讀賣前輩在裡面。

已經有好幾位六點上工的兼職人員前往賣場了，所以沒想到她這個時間還待在辦公室。

「以前輩來說還真稀奇呢。」

12 月 20 日（星期日）　淺村悠太

「該不會，你懷疑我在打混？」

「不不不，沒這回事。」

「要我快點滾出這裡？好過分～嗚～嗚嗚、嗚嗚嗚♪」

「妳根本沒在哭吧？」

「嗚呼。」

無論吐不吐槽，都會被調侃是吧？

「唉。」

我嘆了口氣。此時聽起來很像摩擦聲的開門聲響起，綾瀨同學走進辦公室。

「怪了？讀賣前輩，妳還待在這裡沒關係嗎？」

「好過分～人家沒有打混啦～」

「啊，原來是遲到。」

「也不對，我是在等沙季啦。好啦，過來這裡過來這裡。我是要把上週沒給的禮物拿給妳啦。」

說完，她就拉著綾瀨同學的手，走進女子更衣室。

「咦？咦？咦？」

「好啦好啦，一切都交給大叔我吧。」

終於承認自己是大叔啦？不對。

明明店長就在桌旁從頭看到尾，明明已經到了上工時間，她卻這麼光明正大地把人帶走。

「那種工作態度行嗎？」

「唉，畢竟要是讀賣小姐不在，這間店就沒辦法運作啦。」

店長苦笑著說道。

「可是……」

「想成這麼做是為了打造這家店的團隊意識，應該就還在容許範圍內吧。」

居然能讓店長說出這種話。恐怖的讀賣前輩。

讀賣前輩說只是想把禮物拿給綾瀨同學似乎是真的，她很快就從更衣室回來。向我揮了揮手之後，她便前往賣場。那抹竊笑讓我有點在意。

一會兒後，換好衣服的綾瀨同學也回來了，於是我們下班離開。

雖然已經過了晚上六點，但我訂的是六點三十分，所以時間綽綽有餘。

12月20日（星期日）　淺村悠太

我和綾瀨同學步行前往餐廳所在的建築物。

移動途中，我試著將話題帶到讀賣前輩那件禮物上頭，但綾瀨同學只是敷衍了一下，沒說她收到什麼，大概是什麼不太方便告訴別人的禮物吧？不過，就算是讀賣前輩，應該也不至於送什麼怪東西給打工地方的後輩……

「這裡？」

「嗯？」

不知不覺間到了目的地。綾瀨同學望著建築牆上的餐廳看板，擔心地說道：

「好多看起來很貴的店，沒問題嗎？」

「那家店的目標客群似乎是家庭，價格意外地合理喔。」

我們搭乘電梯到目標樓層。

高樓層的美食區裡，有和、洋、中等各式各樣的店家。

我先在樓層地圖尋找店名，沒多久便看到被木紋隔板圍住的餐廳。

「嗯，就是這裡。」

明亮的燈光、安穩的氣氛。

店內夠寬敞，每張桌子都有保持適當的距離，不會給人狹窄的印象。

對於習慣速食店那種喧鬧環境的我們來說，這裡是個陌生的世界。

不過，客層就和我剛剛說的一樣，大多是年輕情侶或帶孩子來的夫妻，比家庭餐廳氣派，卻不至於像飯店餐廳那麼拘束。

「像這樣的店，我還是第一次來。平常絕對不會挑這種地方……」

「唉呀，難得的生日嘛。偶爾來一次也不錯。」

我將名字告訴走過來的店員，隨即被領往座位。

一張四人桌，我們相對而坐。

「不過，為什麼挑這裡？名店嗎？」

「啊……呃——」

要給人家驚喜時，為什麼心跳會這麼快呢？為了保守祕密而貫徹撲克臉恐怕還比較輕鬆。

「因為這裡的紅酒燉牛肉很好吃。」

由於打工疲憊，導致綾瀨同學眼裡原本有些倦意。但一聽到我這句話，她的眼睛睜得前所未有地大。

「咦……」

「那個……聽說妳喜歡吃紅酒燉牛肉。」

她該不會要說自己的喜好變了吧——綾瀨同學呆滯的時間，長到讓我產生這種不必要的擔憂。

「你知道？」

「抱歉，我私下問了亞季子小姐。」

我希望在連禮物內容都知道的狀態下，盡可能製造一點絕對不會給別人添麻煩的驚喜。

這麼告訴綾瀨同學之後，她再度愣住，不過她很快地就換了個表情，看起來有些不滿。

「好奸詐。」

「啊？」

「我明明沒給你驚喜，你卻做到了。好奸詐。」

「啊，嗯，原來……如此？」

「我也想讓你大吃一驚。」

「啊……」

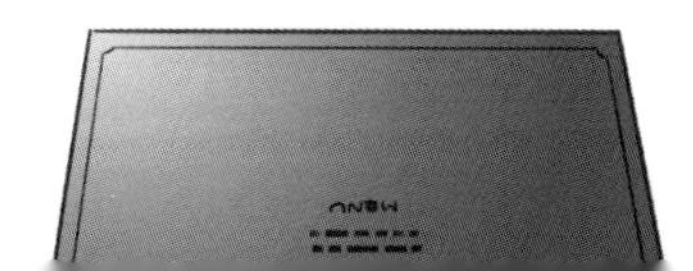

這麼說也是。畢竟她的信念是互惠時自己要多付出一點。只有自己得到了驚喜這點，想必對她來說會有些不滿吧。

不過，嘟起嘴用鬧彆扭的口氣說「好奸詐」，好像還是第一次。居然老實地說出自己內心的感受，如果是過去的綾瀨同學實在不太可能這麼做，這是否代表她對我的信任已經到了這種地步？若從這種角度來想，就代表眼前鬧彆扭般的表情她只肯讓我看到，真是可愛啊。

店員拿走「訂位」的牌子，換成菜單。

在我看菜單時，刀叉餐巾之類的已經擺到桌上。

「真的，看起來好好吃……我可以點這個嗎？」

綾瀨同學指著標有「本店推薦」的紅酒燉牛肉。

「當然。」

我們兩個都點了紅酒燉牛肉套餐。

沒多久，餐點便端上桌。

「餐點很燙，還請注意。」

正如店員所言，裝有燉牛肉的鐵盤仍冒著熱氣。多蜜醬略帶酸味的濃厚香氣，不停刺激鼻腔。

深褐色的醬汁海洋裡，能看見兩塊重量級的紅肉，是這道餐點的主菜，牛肉。

切成條狀的橘色胡蘿蔔有兩塊，旁邊是浸在醬汁裡的翠綠花椰菜。切片蘑菇浮在褐色海洋中央，展現它的白色剖面。光是紅、綠、白這種均衡的配色，就已讓這道菜看起來十分美味。

我拿起叉子戳向燉煮過的肉，稍微施了點力就輕易突破防線。

將肉切成約一半大後送進嘴裡——瞬間，有股舌頭起火燃燒的感覺來襲。

「哇燙燙燙！」

「沒、沒事吧？」

肉實在太大塊了。

慌張的我猛灌礦泉水，一口氣喝掉半杯。靜靜走來的店員立刻幫我倒水。

「謝謝。」

不愧是餐飲服務的專業人士。店員彷彿完全沒見到我的失敗，面不改色地倒完水之後便靜靜離去。

我拿起裝滿的杯子，又喝了點礦泉水。

「還很燙……」

「嗯。我會小心。」

綾瀨同學俐落地用刀叉分解牛肉。

將肉切成小塊送進嘴裡後，她露出陶醉的神情，似乎很開心。

「好吃！」

她高興地說，味道很接近小時候在店裡吃到的紅酒燉牛肉。

「和家裡的究竟哪裡不一樣呢……」

「連妳也不知道？」

「嗯……燉煮類的料理，材料的味道都會溶進湯裡吧？」

「啊～確實。」

材料的味道有可能全部都轉移進湯裡，這點就連最近才開始幫忙做飯的我也能體會到。

「不過這道紅酒燉牛肉，感覺有把肉原本的鮮味鎖在裡面。」

我們一邊聊，一邊吃著燉牛肉。

就在差不多吃飽的時候，我從包包裡拿出禮物交給綾瀨同學，裡面是她要求的「適合的肥皂」。

她當場拆開包裝。

「啊……起泡袋。」

「那是額外的。」

「謝謝。我好高興。」

她露出笑容。

「肥皂也很時髦、漂亮，讓人有點捨不得用。我有試著想像你會挑怎樣的肥皂，但是沒想過你會選這種。」

聽到綾瀨同學這番話，我想，她可能已經看出我特地選擇有治癒系香氣的。如果是這樣，代表成功做到了丸所說的「讓對方知道自己下過一番工夫」，符合我的期望。

不過讓對方知道自己的用心，卻也感覺有點不好意思。

「那個……呃，我很開心，所以……這個，是回禮。」

綾瀨同學拿起不知何時放到腿上的小包包，打開後拿出像是信封的東西。

「吃完飯之後，要不要去看電影？」

她把從信封裡拿出的紙翻過來，讓我看正面。

12月20日（星期日）　淺村悠太

那是電影票，上映時間是晚上八點五十分，澀谷站前電影院的票。而且，片名我有印象。

這也是當然的，畢竟那是我喜歡的導演隔了三年才發表的新動畫片名。

此時我總算注意到了。想當然耳，這不可能是偶然。

「該不會……」

「這是讀賣小姐送我的生日禮物，剛剛拿到的。她說：『妳高興怎麼用都行喔～票有兩張，可以和淺村同學一起去，對吧。』」

讀賣前輩，果然是個恐怖的謀士。

吃完飯後，我們往電影院移動。

電影票只限當天有效，要是白白浪費，也就等於糟蹋了讀賣前輩的好意。

不過這都是藉口，說穿了我是真的很想看。畢竟是等了三年的新作。

放映時間也是勉強能趕上。

在東京都，有禁止未成年人在晚上十一點以後利用商業設施的條例，這個條例的「商業設施」也包括電影院，要是結束時間超過十一點就不能進去。

幸好，這部電影的上映時間是晚上八點五十分到十點五十分。

片長大概比一百分鐘再長一點吧。

如果是從打工下班時間推算之後才準備這兩張票，代表讀賣前輩規劃行程的能力強大到令人驚嘆。

「不過結束之後必須立刻離開呢。」

綾瀨同學說道，我也點點頭。

由於會晚歸，我們打電話回家報備。

然後，在「看完之後立刻回家」的前提下，我們得到了許可。雖然家裡說如果太晚可以搭計程車，但應該不至於那麼晚才對。

「這是怎樣的片子？」

綾瀨同學看著電影院前的預告片，這麼問我。

電子看板上頭映著一對看似高中生的男女。可是，沒辦法從中看出內容。

「驚悚？奇幻？還是科幻啊？」

「嗯～其實我不太清楚。」

聽到我的回答，綾瀨同學露出很意外的表情。

「你不知道啊？」

「我盡量避免接收相關資訊，因為想在沒有多餘知識的情況下看。」

「喔……？你真的很期待耶。」

「這個嘛……應該吧。」

再次自覺到我有多期待這部片，讓我有點不好意思。

一方面也是因為剛吃完飯，我和綾瀨同學直接亮票入內，然後順著指引移動到三號影廳。

座位在正中央略偏後，不需要仰望所以脖子不會痛的好位置。

話說回來，電影院的震撼力遠比在家裡看電視來得強。呃，如果家裡有一百吋銀幕就另當別論。

不過，電影院和一個人看又有不同的樂趣，有種和觀眾共享經驗的感覺。

我們坐到位置上喘口氣，此時播起預告片，燈光轉暗，沒多久正片就開始了。

出現在銀幕上的，是一所看起來平凡無奇的高中。

隔著一層窗戶的教室景象，接著鏡頭移往坐在角落的人影。黑髮女學生，長相和海報上的少女一樣。雖然髮色不同，卻讓我覺得和綾瀨同學有點像。

電影的序盤，只是淡淡描寫這名內向少女的高中生活。

就在放暑假的前一天，教室內發生竊案。

大家都懷疑少女是犯人，就連以為交情很好的朋友也不相信少女是清白的。她絕望地在街頭徘徊，然後被衝過來的卡車撞死。

是異世界轉生作品嗎？正當我這麼想時，卻看見少女帶著記憶回到過去。

時間一再重來。即使要好的朋友換了人，得以避開先前的事件，少女卻又遭到另一個當成朋友的人背叛，因此再度絕望……

少女的心逐漸封閉。

不過，就在某個時刻，班上來了轉學生。

海報上的另一人——擁有明亮髮色的少年。

一直落得悽慘下場而不再相信別人的少女，起先十分提防這名態度爽朗的轉學生，但在接觸到少年的溫暖後，她荒蕪的心靈逐漸痊癒。

接著，命運之日再度到來。

放暑假前一天，這回她好死不死成了殺人案的嫌疑犯。真凶究竟是誰？為什麼她會一再回到過去？

少年的真實身分是未來人。

『這種現象，可以說是「以妳為中心的局部性時間振動」，要是放著不管，會造成嚴重的傷害，甚至有可能毀掉宇宙。』

少年正是為了治癒時空的傷痕，才被一萬年後的世界送來現代。

『所以你才接近我？』

對於少女的問題，少年搖頭否定。在一萬年以後的未來，並未查出原因是什麼。

『那麼，為什麼？』

『正因為變得誰都無法相信，就算面對不了解這時代的常識而被排斥的我，妳仍舊一視同仁，能夠不帶任何偏見地磨合。更何況……妳煮的味噌湯很好喝，一萬年後已經喝不到了。』

看樣子，未來的地球似乎沒有味噌湯倖存。

看到這裡，我不禁笑了出來。同時銀幕彼端的少女也露出微笑。

下一秒，少女被少年緊緊摟在懷裡。

少年以溫柔的聲音說『我會把妳從這裡救出去』，回抱他的少女輕聲啜泣。

突然，綾瀨同學闖進我的視野。她探出身子，眼睛盯著畫面。

臉上有一道淚痕。

我連忙重新看向銀幕。

總覺得自己好像看見了什麼不該看的東西。

同時，某種感情湧上我的心頭。

我要珍惜這個人。

就是這樣的心情。

電影迎來高潮，主題曲響起。

一百零三分鐘的電影就此結束。

綾瀨同學的第十七個生日，成了對我來說難以忘懷的日子。

12月20日（星期日）　淺村悠太

12月20日（星期日） 綾瀨沙季

讀賣栞小姐把我帶到狹窄的更衣室裡。

上工時間差不多要到了，這樣行嗎？

前輩打開自己的櫃子拿出包包，然後將一個白信封遞給我。

「來，這個。」

「欸？」

我戰戰兢兢地收下。這是什麼？

「生日禮物呀～」

用薄信封裝的禮物？

兌換券、折價券……大概是這類東西吧。

她以動作示意我打開來看，於是我拿出信封裡的紙片。

那是電影票。

片名沒聽過。

上映時間是……晚上八點五十分，相當晚。看見日期後，我吃了一驚。

「咦，這是今天的票嗎？」

「嗯，沒錯。妳就拿這個和後輩去看電影吧。」

「和淺村同學？」

票確實有兩張。

不過，突然說這種話，我也……

「你們兩個吃完飯之後，差不多就是這個時間了吧。」

「……呃，嗯，是啊。」

今天是我生日，我們預定一起吃晚飯，這件事已經被讀賣小姐問出來了。

雖然淺村同學沒告訴我細節，不過他說了六點下班後去吃飯。如果他有訂位，應該會是六點三十分左右吧。

就算慢慢吃，八點半應該也能移動了。

可是，我們明明只告訴她幾點下班，真沒想到她居然能將我們的行程推測到這種地步。看來有事很難瞞過這個人。

話又說回來，我從來沒想過拿電影票當生日禮物。

……收下這兩張票好嗎？

「那個……謝謝妳。」

「沒關係沒關係。畢竟打工地方的前輩送個會留下形體的東西，也只會讓人覺得很沉重嘛。如果是這個就不會了吧？」

「沉重……這種事——」

我想我應該不會這麼想。

「會啦會啦。偶爾很常見。」

「到底是哪一邊啊？」

是偶爾，還是相反？

「僅限當天有效的票是消耗品的極致，能收下就收下吧～就算不用也沒關係～不過呢——」

讀賣小姐露出奸笑。

「我保證這是後輩想看的電影。」

我瞪大眼睛。

「事前調查過了。所以，他一定會很高興喔。」

「唔……」

淺村同學會高興……真的？

然後，這幾天思考的東西掠過腦海。淺村同學的生日，我雖然有好好將禮物交給他，卻沒有驚喜。過去的我認為不需要，但現在覺得真是失策。

如果是這部電影的票，說不定能讓他嚇一跳。

「哼哼哼，有興趣了吧？想去了吧？」

「呃，這個……嗯，是，畢竟機會難得。」

會不會，讀賣小姐已經發現我和淺村同學的關係，所以為我們加油打氣？

「那個！呃……為什麼妳要為我做到這種地步……」

之所以說到最後軟下來，是因為覺得自己想太美了。

眼前的這位打工前輩才貌雙全，是一個像是從畫裡走出來的黑色長髮和風清純系美女，雖然淺村同學曾說過她「占的是大叔缺」，不過這種人萬一成了情敵，我絕對贏不了了——

「問我為什麼，那還用說嗎～要是你們不趕快看完，我就沒辦法和你們聊電影內容啦。我想找人討論一些應該能贏得考察班讚賞的東西呀。」

「咦，是很難懂的電影嗎？」

「沒這回事……應該吧。唉，所以我才希望你們快點去看呀。何況我也已經打算去看了嘛～」

讀賣小姐的眼神很認真，看不出有什麼捉弄我的——呃，既然人家都說她擅長捉弄別人，那麼能裝得一本正經也很合理——不過她這個表情應該是認真的。

嗯。而且票拿了不去看實在很浪費。

「明白了。謝謝妳的禮物，我會期待的。」

我再度道謝，然後老實收下讀賣小姐送的生日禮物。

收工後，我和淺村同學步行前往車站附近的時裝大樓。

六樓是美食街。淺村同學帶我去的店，是美食街裡的某間洋食餐廳。

用餐環境看起來不錯這點令人高興，然而有件事讓我感到疑惑。淺村同學特地選了一間好像他自己平常也不怎麼會來的店。

為什麼選這裡？

我問淺村同學，得到的答案是——

「因為這裡的紅酒燉牛肉很好吃。」

我吃了一驚，因為我很愛吃紅酒燉牛肉。

淺村同學似乎是從我媽媽那裡問到的。

他說，因為禮物本身沒有意外性，想來點驚喜讓我開心。

這麼做確實讓我心頭小鹿亂撞了。好開心。

不過在這同時，我也覺得他好奸詐。淺村同學的生日我明明沒安排任何驚喜，他卻使我心花怒放。

店員拿菜單給我。

蛋包飯和咖哩看起來都很好吃。布丁也是，上頭的鮮奶油就像一頂帽子，底下則浸在焦糖海洋裡，實在是太棒——不對，那是甜點，現在還不行。

「真的，看起來好好吃……我可以點這個嗎？」

我還是想吃紅酒燉牛肉。

確認過套餐價格後，我選了最想吃的。

端上桌的餐點，比我想像中的更棒。

為什麼在餐廳吃到的紅酒燉牛肉，感覺比家裡做的還要好吃呢？我從以前就對這件事感到很疑惑。

對於我的疑問，淺村同學給了回答。

「會不會是肉有什麼不一樣的地方？」

「對喔，也有這種可能。嗯……真想試著重現。」

還是說原因在於調理方法？突然冒出來的想法，讓我的心一陣刺痛。

於是，過去的記憶復甦。

小時候，我家附近有間個人經營的餐館，在那裡吃到的紅酒燉牛肉，我始終忘不掉。沒想到世上居然有這麼好吃的東西。

這是真的。

毫無虛假的真實……不過，或許原因不只是餐點……

媽媽再婚。

對象是淺村同學的爸爸——太一繼父是個溫柔的人。媽媽看起來很幸福……

萬聖節那陣子，某次媽媽請假回家休息時——

『或許是因為還有太一在，讓我覺得休息也無妨。』

聽到媽媽這麼說……我總算鬆了口氣。

現在的媽媽能夠選擇休息。

和以前不一樣。以前她不會這麼做。

和生父離婚之後，媽媽沒依賴老家而是獨力扶養我。但不管再怎麼忙，她仍然每天做飯。

儘管當時還小，我依舊能感受到她有多辛苦，所以差不多在剛上中學那段時間，我開始努力地學做飯，讓自己能幫上媽媽的忙。

我對媽媽的料理沒有不滿，也覺得她做的東西很好吃。

即使如此，還是有些因為忙碌而沒辦法做的料理——那些需要花時間準備的。而料理時間比較長的，以媽媽的工作性質來說也很難。

生父愛面子，所以在媽媽離婚之前，他們並不是沒帶我去過氣派的餐廳。可是他太愛面子，對於餐桌禮儀極端講究。

如果是那種從出生就對孩子灌輸禮儀的家庭，或許另當別論。

可是，在一間半年都不見得會去一次的店，期待小學生展現完美的禮儀，只會讓人緊張到食不知味。一旦發出些微聲響，就會有人很凶地叫自己的名字。這種恐怖，沒體

驗過的人大概不會懂吧。

對我來說，外食只是一種不允許失敗的儀式。

離婚成立的那天——

媽媽儘管一臉疲憊，看上去卻顯得神清氣爽。然後，她帶我去附近的洋食店吃飯，而不是氣派的餐廳。我點了以前因為會蛀牙而不讓我喝的柳橙汁，也不管會燙到舌頭就大口吃著還在冒熱氣的紅酒燉牛肉。即使嘴角沾到醬汁，媽媽也只是笑著用餐巾仔細地為我擦拭。

這間由老夫妻開的小餐館，熟客們像回自己家一樣地經常光顧。

那一天的紅酒燉牛肉，就是在這種店吃到的。為了款待上門的顧客，老闆花了很長的時間精心烹調。

那柔軟的牛肉滋味，便是為顧客著想所下的工夫。

老夫妻的溫暖鎖在肉裡，連逞強的心都能融化。

肉在口中化開。

令人安心的味道。

「然後，這是禮物。」

我頓時回神。

淺村同學從手提袋裡拿出禮物遞給我。

我只說要適合的肥皂，淺村同學為我選的肥皂，則帶有類似舒壓精油的香味。

能夠體會到淺村同學心思的選擇。

起床後一直維持武裝模式的我，洗澡時才會解除。為這種時候用的肥皂添加有治癒效果的香氣。

休息一下也無妨。他似乎對我這麼說。

可以嗎？真的可以休息嗎？打從和母親相依為命之後，我就一直武裝自己——一直。

我藏起在心頭迴盪的想法，開口說道：

「那個……呃，我很開心，所以……這個，是回禮。」

吞吞吐吐說出這句話的同時，還亮出了從讀賣小姐那邊得來的票。

似乎是淺村同學說過想看的電影。

他露出「怎麼會！」的驚訝表情。

能夠用驚喜回敬實在太好了。

謝謝妳，讀賣小姐。

我覺得，「在電影院看電影」這種行為，具備其他娛樂沒有的特點。

周圍明明有其他觀眾，卻讓人覺得彷彿只有自己在現場。還有，自己明明很專心，卻能感受到別人的氣息。

保持不遠也不近的距離，共享同一段體驗——這種感覺，過去從來沒有像今天一樣深刻過。

電影很有意思——應該說，很可怕。

擔任主角的少女，一再遭到班上同學背叛。

牽扯進事件裡，蒙受無憑無據的誹謗，向朋友求救卻屢遭拒絕。

然後她回到事件發生前，一再嚐到無法避免的失望。

在擔任另一個主角的少年登場之前，她的遭遇令人無比心痛。

為了避免悲劇不斷重演而出現的少年，其實是未來的訪客……可是，已經絕望的少女，無法相信少年伸出的援手。

對於內心已然冰凍的少女來說，周圍全都是敵人。

我之所以能注意到電影是以安徒生童話《冰雪女王》為藍本，大概是因為受過淺村同學傳授的名作考察訓練吧。

換句話說，悲劇對少女造成的心靈創傷，就是刺在凱眼睛與心臟上的魔鏡碎片。跨越一萬年時空前來解救少女的少年，則是格爾妲。

性別顛倒或許是這個年代的流行。

回過神時，我發現自己早已緊盯著銀幕。

救星少年與少女相處的時間，只有暑假前的短短兩週。

要用這麼短的時間融化少女冰凍的心，根本是亂來——若是一年前的我，大概會冷笑著說出這種感想，並且加以嘲諷吧。

高潮場面，銀幕上是抱住少女的少年，以及被少年抱住的少女。

『我會把妳從這裡救出去。所以……』

不必再忍耐了——

聽到這句話，少女用力回抱少年。

如果是平常，我不會在外面露出這種破綻。

然而，我想是因為淺村同學在旁邊。雖然是一個人，卻不是一個人。電影院的魔

法。感受到身旁的氣息，大概讓我十分安心吧。

——啊，不妙。

想忍也忍不住。一滴溫熱的液體滑落臉頰。

即使片尾曲響起，製作人員名單在視野裡從下往上流過，一時之間我仍舊無法動作。

在燈光亮起的前一刻，我勉強開口。

「我可以去一下洗手間嗎？」

沒等他回答，我便起身奔向廁所。

我在鏡子前確認，眼角的妝有點糊。如果有打算哭，其實也能畫不容易糊掉的妝就是了。

我嘆了口氣。

沒想到會哭。我在對自己感到驚訝的同時，也想到這幾年我完全沒有哭過。

我打開化妝包，準備補妝。

卻突然停下了手。

我再次看向鏡子——雖然有點糊，卻還在不仔細看不會注意到的範圍。

反正，只剩回家了吧？

外面很暗，而且我們大概也不會盯著彼此的臉一直看。

鏡中的臉。看著糊掉的眼角，便讓我想起成為電影藍本的雪之女王故事高潮。以眼淚融化魔鏡碎片，流落在外的少年之心取回了溫暖。

不用補也無妨吧。

我們只剩回家，淺村同學就在身旁。

現在，用不著什麼武裝——

12 月 20 日（星期日）　綾瀨沙季

12月24日（星期四） 淺村悠太

「高中生活，已經剩下不到一半了呢。」

我脫口而出的這句話沒有要說給任何人聽，但是坐在前面的好友似乎聽到了。

他將壯碩的身軀轉過一半——呃，班會時間還沒結束耶？

「淺村啊，到了明年，我們也得將更多心思放在準備考試上啦。」

丸小聲說道。

講台上，班導師正在說明寒假的各種注意事項，我一邊聽一邊「嗚」地呻吟。考試啊。

丸一臉已經看開的表情說：

「感覺會就這樣在不知不覺間變成大人。」

「變成大人我倒是不介意。」

我反而不希望一直當小孩，因為一直讓人保護，就沒辦法保護任何人。

……不過嘛，「長大」看起來很辛苦就是了。

我想起老爸的臉。

不，倒也不盡然？

大概是因為只想得到他再婚後笑容滿面的模樣吧，生母離開後那段辛苦的記憶最近漸漸模糊了。

「淺村，你是希望早點成為大人的那種人啊？」

「丸不是嗎？」

「這就不曉得嘍。非學不可的東西太多，如果有能讓時間暫停的修行屋，我還真想去住。」

「啊～」

也就是「如果要認真走棒球之路，時間有多少都不夠」的意思吧。

「沒看的動畫堆積如山啊。」

「居然是那個？」

「開玩笑的。」

我當場趴到桌上。也不知道他是在戲弄我還是說真心話。

12月24日（星期四）　淺村悠太

後頸感受到陽光，於是我轉過頭去。

太陽彷彿就在玻璃上面。即使到了正午位置依然很低的太陽先生，從我和丸所坐的窗邊座位一路照到第三排。

好溫暖……所以讓人想睡覺。

班導師的聲音聽起來就像搖籃曲，但是再過幾分鐘就放學，所以要忍耐。

擴音器播放告知學期結束的鈴聲。

班導師嘮叨的訓示總算結束。班上同學紛紛嘆息似的喘了口氣，然後爆出因為老師還在所以略顯低調的歡呼。班導師則是有點無奈地離開。

只留下一句「注意別玩過頭」。

「高中二年級的耶誕也不需要那麼提防嘛。」

「咦？」

丸這句話令我很疑惑。

「亂搞男女關係之類的，就是這麼回事。大概是不想為失控的青春期年輕人擦屁股而毀掉新年假期吧。」

「很有道理。換成我站在同樣的立場應該也不想。」

「身為**哥哥**，你難道不擔心嗎？」

沒想到丸會以調侃的口氣說出這個詞，讓我不由得瞪大眼睛。

「咦？」

「綾瀨今天晚上應該有安排吧？」

「今天晚上？」

「如果要來個耶誕約會，不就是今天嗎？」

這句話傳進我腦袋裡花了點時間。

他大概是想說，綾瀨同學搞不好已經安排了耶誕約會。

確實，我和綾瀨同學的真正關係，沒有第三個人知道。或許會有人想趁耶誕假期的機會約她。

在別人眼裡只能是兄妹。反過來說，也就表示綾瀨同學對邀約表現得過於排斥會顯得不自然，甚至有可能難以拒絕……

不會吧？再怎麼說也不至於發生這種事。

突然，胸口處傳來震動，我連忙起身。

然後拿出放在制服內袋的手機。

是ＬＩＮＥ的通知。預覽畫面跳出「買完菜後回家」這行字，是綾瀨同學傳的。

買完後**回家**。

看吧，我心想。

「怎麼啦？綾瀨對你說『我最討厭哥哥了』之類的嗎？」

「她才不會講那種像動畫一樣的台詞。」

「果然是綾瀨傳的啊。」

「唔。」

「你啊，很好懂喔。」

「是丸的直覺太敏銳啦。」

「所以，不用回訊息嗎，哥哥？」

「沒關係。」

我把手機放回口袋，伸了個懶腰。

丸拿著書包站起身。

「那麼淺村，再見啦。」

「啊～再見。下次見面應該是新年了吧。該說聲『新年快樂』？」

「畢竟寒假期間大概不會碰面嘛。嗯，祝彼此都有個愉快的新年。」

丸轉過身，揮了揮手走出教室。

目送參加社團活動的丸離去之後，我再次打量整間教室。班上同學已經有一半離開，有的去社團有的回家。

去一趟書店後回家吧。

有種白擔心的感覺。

這麼說來，記得今天要全家一起慶祝耶誕嘛。

廚房周邊的牆壁閃閃發亮。

都是多虧了我——才怪。其實是今天休假的亞季子小姐說：「我想把這裡的大掃除提前。」她說「這裡」的時候，手指著廚房。

所以我和綾瀨同學紛紛表示要幫忙。

我和老爸都不是會做飯的人，廚房周邊本來就不怎麼髒。三人合力花了約兩小時就清理完畢。

那是大約三點左右吧。吃個點心稍微休息一下之後——

「那麼，就剩下準備晚餐了，悠太可以休息嘍。」

亞季子小姐表示想久違地和女兒兩個人下廚，把我趕出廚房。

不得已，我回到自己房間，打開書包拿出剛買的書，隨興翻開第一頁，眼睛開始追著文字跑。

等到放下書本、抬起頭時，我才發現房間已經變得有點暗。太陽下山了。

我沉浸在閱讀完的餘韻裡，深深地喘了口氣。

——真有意思。

轉眼間就讀完了。這代表我花了差不多整整兩個小時閱讀一本硬皮的翻譯科幻小說。到現在我還有種身負重大任務，在宇宙空間飄流的感覺。

不愧是書腰寫著改編成好萊塢電影的作品。

我闔起書本，隨即聽到廚房傳來亞季子小姐和綾瀨同學愉快交談的聲音。

一走出房間，亞季子小姐就注意到我。

「悠太～可不可以幫忙開電視～？」

「電視嗎？」

「我想要點聲音。隨便找部有趣的電影放著就好。」

「啊，好。我知道了。」

我操作遙控器，打開串流平台區。

如果是開了放著，那麼專門播放電影的頻道應該比較好吧。

「日本片行嗎？還是要洋片？」

「洋片。字幕版也行。」

「……真的是拿來當背景音樂啊。」

話雖如此，如果能找到只聽對白一樣可以享受的當然最好。

啟動訂閱的串流服務後，我發現它的耶誕特輯正好推薦了幾部電影。

有部小孩子活躍的耶誕喜劇。

我看過好幾次。那是一個小孩子在耶誕假期被獨留家中，於是趁著家人不在鬧得天翻地覆的故事。應該頗受好評吧，之後還拍了好幾部續集。不過依照好萊塢電影的常態，續集和前作不見得有關係，還有到續集發現夫妻已經離婚之類的，就算是闔家觀賞的電影也不能掉以輕心。

很快地就有愉快的聲音流瀉而出。

「悠太，謝謝你啦～」

12 月 24 日（星期四）　淺村悠太

「呃……有什麼地方幫得上忙嗎？」

「那麼，麻煩把肚子空下來。」

「呃……」

我是不是去練個肌肉比較好啊？

除此之外，我也瞄了一下綾瀨同學，發現她一邊哼歌一邊甩著平底鍋。這時候叫她很危險，我想還是別出聲比較好。

「需要人手的話不要客氣，儘管叫我。」

「好～」

打掃完浴室並放完熱水後，我回到了起居室，就這麼坐到沙發上，呆呆地看著電視畫面。

途中，廚房那邊似乎已經忙完的綾瀨同學走來，也坐到沙發上。

雖說隔著一個人的距離，依舊讓我想起電影院的事。

綾瀨同學也要看電影嗎？就在我這麼想時，卻發現她翻起單字卡。

當著亞季子小姐的面和綾瀨同學坐在一起看電影，這樣的距離好嗎？我的腦袋有那麼一瞬間陷入混亂。

不，家人坐在一起看電視很普通吧——普通。

想太多了。

我偷偷往旁邊瞄。綾瀨同學戴著連到手機的耳機，邊聽邊翻著單字卡。

既沒有向我搭話，也沒有看電影。

坐在旁邊神情放鬆的綾瀨同學，始終都在翻單字卡。

「我回來了。」

提著紙盒的老爸回到家。

他說七點會回來，不過實際到家時，長針已經繞了約半圈。

老爸將紙盒遞給亞季子小姐。

「我去拿訂的東西，可是人好多。晚了點才到家，抱歉。」

「沒關係啦。」

那是十二……不，十五公分的蛋糕？

如果要問我為什麼能判斷尺寸，答案是和綾瀨同學在外面吃飯時，我姑且還是有考慮過要不要吃蛋糕。不過嘛，就算是十二公分的，我也不敢保證能在吃飯時一併吃完，所以放棄了。

然而十五公分的即使由四個人分，大概還是會吃得很撐……畢竟是在家裡，吃不完擺著就好。放半天應該還行吧？

「這個等飯後再吃吧。」

亞季子小姐笑著打開冰箱。

年末將近，我家冰箱已經塞滿了。

「悠太，能不能幫忙把這個和這個拿過去？」

「好。」

我接過啤酒和無酒精香檳，拿到餐桌上放著。應該還需要杯子和開瓶器吧。

亞季子小姐把冰箱裡的東西拿出來又放回去，調整半天才能塞進蛋糕盒。

綾瀨同學則趁這段時間把料理加熱。我也將保溫鍋的飯盛出來端上桌。

等老爸換好衣服回到餐桌前，已經可以準備開動了。

「喔，看起來好好吃。」

今天耶誕晚餐的主角，是餐桌中央大盤子裡的香草烤雞腿。雖說是雞，卻不是一般的雞，而是近年在日本也會成為耶誕佳餚的雞——火雞。不過嘛，牠原本似乎是感恩節的食物。

日文寫成七面鳥，油脂比雞肉少，最近許多人提倡健康取向，看見它的機會應該也會增加。火雞相當大，雖然盤子裡不是一整隻，分量卻還是大到四個人分也吃不完的程度。似乎是老爸狠下心用網路訂餐，請對方在耶誕夜送來的。而且已經烤好了。

「主食換成義大利麵是不是比較有耶誕氣氛啊？」

亞季子小姐看著桌上說道。

主菜雖然是火雞，主食卻是裝在碗裡的白飯，湯也是味噌湯。

確實，耶誕氣氛淡了點。

綾瀨同學幫忙緩頰：

「呃，我想沒問題。妳看，還有沙拉，應該勉強能說是洋風。沙拉醬也準備了好幾種……爸爸要淋哪種？」

「我要和風的。」

耶誕節到底是哪個國家的文化啊？

儘管我不排斥白飯味噌湯當耶誕晚餐，卻還是忍不住在內心吐槽。

「也準備了日式泡菜喔。來，淺漬的高麗菜和黃瓜。太一愛吃對吧？」

12 月 24 日（星期四）　淺村悠太

「謝謝。當然愛吃嘍。」

「媽媽妳啊……弄西式的醬菜不就——」

綾瀨同學把「好了嗎」給吞了回去。

大概是看見夫妻意見一致，認為用不著吐槽——也可以說放棄吐槽。

我和綾瀨同學相視苦笑，坐到各自的位置上。唉，重點在心意嘛。

「那麼，耶誕快樂！還有悠太，生日快樂！」

「呃，老爸，這種時候就算違背良心也該先講生日快樂啦。」

「這麼說也對，抱歉。生日快樂，沙季。耶誕快樂！」

「謝謝。」

「兩個人都十七歲了，恭喜你們。」

亞季子小姐依序看向我們後說道。

老爸他們拿起啤酒，我們則拿起無酒精香檳，大家乾杯後才開始吃飯。

亞季子小姐的味噌湯依舊美味。

確實和老爸講的一樣，洋風或和風不過是小問題。今天味噌湯裡放的是豆腐，白豆腐配上切細的青蔥，味噌是紅味噌。我喝了一口才發現——

該不會這是耶誕色吧……算了，反正這樣很像日本的耶誕。

「醬汁也很美味呢。」

「肉也不會太硬，真棒。這道菜買對了。」

既然亞季子小姐和老爸都這麼說，看來我的味覺沒出問題。

大致吃飽之後（後面還有蛋糕，所以相當克制），我們一邊喝餐後咖啡一邊切耶誕蛋糕。

十五公分的圓蛋糕，上面擺了寫著「Merry Christmas」的巧克力，以及餅乾耶誕老公公。

我們拿刀切開以白色鮮奶油裝飾的蛋糕。

能看見黃色海綿層之間夾著紅色果肉，是草莓。換句話說，所謂經典款的耶誕蛋糕，其實就是切塊之前的特大號草莓奶油蛋糕。

「唉呀，與其買到難吃的，不如買安定牌比較好吧？」

老爸說道。

這麼說倒也沒錯。

我們拿叉子吃著亞季子小姐切好分給大家的蛋糕，慶祝首次的一家四口耶誕夜&生

日。

老爸知道我的成績比夏天好時很高興，問綾瀨同學有沒有意願也去補習。

「如果是擔心錢的問題——」

「不，沒關係。我那個……要是一次接觸太多新的東西，反而容易分心。」

雖然這個回答聽起來太拘謹，但是老爸好像能夠接受。

回頭一想，綾瀨同學直到半年前都過著和母親相依為命的生活。突然變成和兩個男性住在一起，要習慣新生活應該很辛苦才對。

而且，我和老爸是住在原本的家裡，綾瀨同學她們還要搬家。試著在腦中把兩邊處境換過來之後，就讓我覺得，她會說變化太多一下子難以全部適應，倒也不假。

這樣啊……和綾瀨同學相識已經過了半年……

「不過沙季，如果妳想補習，隨時都可以來商量喔。」

「謝謝。」

她最後補上了一聲「爸爸」，讓老爸露出開心的微笑。嗯，很順利地養出了一個傻爸爸。

「我倒是比較擔心悠太。有好好玩嗎？」

「咦？一般來說不是相反嗎？要我用功讀書倒是能理解……」

「這點我以前就沒在擔心。」

老爸從旁插嘴。

確實老爸從沒對我說過「去念書」。不過學校發下任何關於我的通知，他都會認真看過。

儘管已經沒什麼印象，不過大概是從媽媽離家之後開始的吧。

老爸會要我拿聯絡簿給他。到中學為止，每次考卷發回來也都會要我給他看。

雖然看完之後也不見得會特別說什麼就是了。

每次，他都會看著發回來的考卷，嘴裡嘀咕著：「嗯原來如此。」當我聽到他不知道在原來如此些什麼時，都會有種自己照了X光還是什麼的感覺。

數天後，他會若無其事地將低分科目的參考書擺到我桌上。

那樣也會帶來某種微妙的壓力。

不過從高中起，我就拿「義務教育已經結束了」和「這是私人情報」當理由，不再讓他看有關成績的資料。

「因為悠太從小就是個只知道看書的孩子嘛。當學生的時間很短，要好好玩一玩才

行。」

「呃，沒問題啦。我多少還是有在享受青春的。」

「是嗎？嗯，如果有好好享受學生時代，以父母的角度來說自然再好不過——不過話是這麼說啦。」

老爸起完頭，對亞季子小姐使了個眼色。

亞季子小姐起身打開寢室門，將事先藏在門後的紙袋拿到桌上。

「來，這是我和太一給你們的生日禮物。」

「嗯？這是……」

「書嗎？」

綾瀨同學也很疑惑。

若問我們為何能一眼看出這個採用耶誕包裝的厚重東西是書，理由就在於包裝紙正是我們打工那家店的東西。我已經看了很多次，不會有錯。

「可以拆開嗎？」

「當然。」

我訝異地看了面帶微笑的老爸一眼，然後拆開包裝紙。

裡面是書。

而且——

「紅本！」

「我想準備考試會需要。你們應該還沒有吧？」

「這個嘛，還沒買就是了。」

一旁的綾瀨同學也驚訝得說不出話。我明白她的心情。

父母送給我們的禮物，是每個準備考大學的考生應該都見過的《大學、學院別大學入學測驗試題集》，封面全紅，所以通稱「紅本」。

一般來說會在決定志願之後才買，不過這些是共通測驗用，而且五本一組，以我們不擅長的科目為主。

確實，這個禮物十分寶貴。光是把書買齊，就要花掉三本硬皮書的錢。老爸他們為我們打造用功的環境，這點我發自心底感謝。只不過——

「不怎麼像禮物耶……」

「成人階段之後的人生要怎麼活由你們自己掌握，不過目前看來你們打算準備考試嘛。」

「準備考試要加油喔。」

亞季子笑著說道。

「謝謝你們。我會努力的。」

一旁的綾瀨同學也和我一樣，低下頭向兩人道謝。

這時的我們，正因為父母出乎意料的禮物而有些失望，沒想到老爸和亞季子小姐以眼神交流的理由。

電視上，順利守住自家免於小偷襲擊的小孩放聲歡呼。

當天晚上，已經上床睡覺的我，被輕微聲響驚醒。

我在黑暗中睜開眼睛。

環顧周圍，沒在房間裡發現異樣。應該說，什麼都看不見。我拿起充電中的手機點亮背光，確認時間。

零點二十八分。

我才剛睡著。雖然明天開始是寒假，就算清夢被擾也不至於出問題就是了。

我翻轉手機，往門的方向照。

門口擺了個先前沒見過的小盒子。

那是什麼？

手碰不到，要過去就必須離開被窩……但是，我很在意。

我掀開棉被，身體因寒意而發抖。我不禁抱住自己並縮起身子。睡覺時總不能還開著空調，所以我實在不想離開被窩。

我下了床，拿起陌生的盒子。

然後回到床邊，打開床頭燈。

摸到它時，我就發現上頭有緞帶。看見包裝紙後，更讓我確定是耶誕禮物。

「耶誕老人」一詞閃過腦海，接著我又「不不不，已經不是那種年齡啦」地搖搖頭。

上次見到這麼用心的送禮方式，究竟是幾年前的事呢？

原來如此，這才是主菜啊。

沒想到耶誕&生日禮物是紅本。身為收到禮物的人，儘管知道這東西很寶貴，卻還是有「什麼跟什麼啊」的念頭。結果居然是隱藏重頭戲的演出啊。

老爸有這麼淘氣嗎？不禁感到懷疑的我，想到可能是亞季子小姐的影響。

12月24日（星期四）　淺村悠太

說不定，綾瀨同學那邊也收到了什麼禮物。

我拆開包裝紙，拿出內容物。

某樣東西「啪」一聲掉在地板上。

「……信？」

心想「禮物還附卡片，也太講究了吧？」的我，將卡片撿起來看。

原本以為只是單純的耶誕卡或生日卡，上頭的文章卻相當長，於是我坐到床上慢慢讀。

文章以「給明年就要成人的悠太」起頭——

簡單來說，就是感謝我對於雙親的體貼，還有明年應該會很忙，所以也算是稍微提前祝賀我成年。

「對喔，再過一年就要考試了嘛……」

高三生的年末，正是為了大考壓力而胃痛的時期。這種時候，恐怕不太方便送些會帶來沉重壓力的東西吧。

我重新打量裡面的盒子。

「錶……而且這是……」

就連對名牌不熟的我也聽過這支錶的牌子，平常很難見到戴這種錶的高中生。即使是中古貨依舊價值不菲，我這個高中生想買也買不下手，這點毫無疑問。這種東西如果是就業賀禮，倒還能理解。

——給明年就要成人的悠太。

讓人感受到卡片上字句的分量。我明年也要十八歲了，是如果我有意願，要結婚也可以的年齡。到時候，就得獨立謀生了。儘管在這一刻之前，我都沒考慮過這件事。

我對就業什麼的還沒有實感。假設順利考上大學，應該五、六年後就得出社會工作才對——不，慢著，聽說這年頭就業沒那麼簡單。有工作算幸運——但是養不活自己便無法獨立，結婚也……

我搖搖頭，把沉重的思緒和雜念都甩開。至於雜念是什麼樣的妄想，這裡暫且擺到一邊。

我從盒子裡拿出手錶，小心翼翼地試著戴上它。

嶄新的銀色錶帶，在微亮中閃著些許光芒。

沒有想像中那麼重，戴起來也很舒適。我鬆開扣環，準備把錶放回盒子裡，轉念一想又將它留在枕邊。

12 月 24 日（星期四）　淺村悠太

希望將來有平常就戴得起這支錶的收入。

加油吧，各方面都是。

我蓋上被子。

即使熄掉床頭燈，錶帶的銀色光輝依舊在眼皮裡停留了好一會兒。

12月24日（星期四）　綾瀨沙季

結業式完畢之後，我買好媽媽拜託我買的食材（蔬菜與調味料等），隨即回家。

今天晚上是只有家人的慶生會兼耶誕晚會，媽媽也請了假說晚餐要大展身手，所以我希望盡可能早點回家幫忙。

我打開已經見慣的家門。

簡短地說聲「我回來了」之後，脫掉皮鞋。

「回來啦，還真快呢。」

媽媽已經在廚房了，明明才剛過中午。

「我來幫忙。」

「唉呀，媽媽一個人也不要緊的，妳可以先去休息喔？」

總不能把家事丟給媽媽一個人吧——我沒把這句話說出口。

「沒關係，我又不累。還有這個。」

我將去超市買的食材和調味料放到餐桌上。

「謝謝。」

「我去換衣服，馬上就來幫忙。」

「真頑固啊，到底是像誰呢？」

像妳。

我奔進房間，這句話同樣沒說出口。

換好衣服後，我立刻走到廚房。

「妳在準備什麼？或者該說，妳今天打算做什麼菜？」

「今天是耶誕夜，又是悠太和妳的慶生會，所以稍微豪華一點。白飯和味噌湯，配上沙拉和肉。」

聽不出來和平常的晚餐有什麼不同。

「不得了喔，肉是這個！」

她特地打開冰箱讓我看。哇，好大的雞腿肉！分成好幾塊裝在真空袋裡。

「這……不是一般雞肉，對吧？」

「是火雞喔。」

「怎麼會買這個？」

鴨肉之類的倒還能理解，賣生肉的超市也找得到。

不過，雖說最近已經沒那麼少見，而且去某個巨大的夢之國就吃得到，但火雞依然算不上餐桌常客。

居然買了這麼多……

「這是烤過的？」

「如果是生的，這麼大塊調理起來會很麻煩。雖然我有烤火雞的食譜，但是做起來既費工夫又花時間嘛……要在烤前三天解凍，在前一天做準備，把料填進去之後縫起來……相當好吃喔？好吃歸好吃，但既然能用買的，不如就把準備時間省下來拿去工作。」

「唔，嗯，聽起來很麻煩。」

「沒錯，很麻煩。所以，這是已經烤好的，太一用網購買的喔，剛剛才送到。稍後熱一下就ＯＫ。」

媽媽關上冰箱後說道。

「那麼，肉可以最後再弄對吧……還有呢？」

「白飯沙拉味噌湯。」

「咦？這些要現在——」

「唉呀，不是啦。」

欸？

「綾瀨同學，妳回來啦。」

聽到聲音，我轉過頭去。淺村同學正從房間走出來。

「啊，我回來了。」

「亞季子小姐也起床啦？已經要準備晚飯了嗎？」

「那個啊，我想把這裡的大掃除提前。」

媽媽對淺村同學這麼說的同時，手指著廚房。

對喔，畢竟是年末嘛。

「我來幫忙。」

淺村同學說完，我也緊跟在後。

「我也幫忙。」

「唉呀呀，明明沒什麼大不了的。謝謝你們嘍。」

媽媽笑著這麼說。

不過清理廚房周邊意外麻煩，因為廚房會用到油，油汙一旦沾上去，就很難清理。

「啊，不過意外地乾淨？」

我看著牆壁，隨口說道。

「是啊，畢竟我和老爸幾乎沒在用廚房嘛。」

「搬來這裡最先買的就是沙拉油呢，因為沒有炸東西用的油。」

聽到媽媽這麼說，我才「啊，原來如此」地恍然大悟。

確實，如果不用油就不會有油汙……這麼說來，每當我炸天婦羅時，淺村同學都會戰戰兢兢地看著我。這樣啊，原來他沒炸過東西。

「換氣扇我打算今天一併清理，看來應該會很輕鬆。」

「以前每年都要花不少力氣。」

「因為沒想過會在家裡做天婦羅之類的嘛。」

「淺村同學你啊……做得了喔？」

淺村同學苦笑著說「我知道」。他還說想挑戰看看，不過感覺有點危險，一開始還是得在旁邊看著才行。

不過……這樣啊，今天不需要那麼辛苦了嗎。

為了清理換氣扇油垢而拆掉濾網再用桶子或浴缸裝水加清潔劑後把它泡進去，還有為了刷掉爐子周邊磁磚油汙而拿廚房紙巾吸飽清潔劑再貼上去──這些事都可以不做？

這樣或許會輕鬆不少。

「所以說，不會花太多力氣。」

「既然如此，三個人一起清理不就更快了嗎？」

媽媽嘆了口氣說：「那麼，之後還要準備晚餐，我們趕快解決它吧。」我點點頭，淺村同學也點頭。

花了約兩小時，廚房周邊清理完畢。

吃點心休息後，我和媽媽著手準備晚餐。媽媽表示想久違地和我兩個人下廚，婉拒了淺村同學的幫忙。

淺村同學心不甘情不願地回到房間。

之後又過了差不多兩小時。

做了味噌湯、做了沙拉……看起來沒什麼耶誕節特色，而且分量不多。然而聊著聊著，我就聽到太一繼父要買蛋糕回來。

晚餐後要吃蛋糕？感覺會讓人害怕站上體重計。這樣的話分量還是少一點好。

媽媽開始處理買回來的高麗菜和小黃瓜。她把切好的蔬菜裝進夾鏈保鮮袋裡搖晃，那是淺漬嗎？

今天……是耶誕夜沒錯吧？

不過嘛，也是我和淺村同學的慶生會。既然如此，大概也沒什麼好奇怪的。

不不不，慶生會吃淺漬還是很怪吧？

「怎麼啦，沙季？看妳一臉奇怪的表情。」

「我是媽媽的女兒嘛。」

「那麼，表示妳會遇上像太一那樣帥氣的人嘍。」

「是是是。」

和生父分開之後，媽媽對於再婚一直表現得很消極。

說變得慎重或許比較精確。雖然從最近的言行難以想像，但我從不記得媽媽有在家裡談過男性的話題。養育我的期間，她大概都沒談什麼戀愛吧？

工作讓她看多了男人的邋遢模樣可能是原因之一，但是生父使她變得不太願意相信男人應該也占了一部分。

決定再婚後，我們曾經聊過一次生父的話題。回想完過去種種，媽媽說道：

『與人相處真的很難呢。』

當天媽媽請了假。儘管覺得她待在家喝酒很罕見，我依舊默默地看著她搖晃酒杯讓冰塊喀啦喀啦轉。

『那個人和我處不來。不過或許也有些人非他不可。』

『是……這樣嗎？』

『就是這樣嘍，世上沒有那種在任何人眼裡都很優秀的人。唉呀，年輕人都這麼說吧？「人人都有他支持的偶像」，是不是？』

我第一次聽到這句話。

『然後，那個……是叫淺村先生？他沒問題嗎？』

『這個嘛，目前沒有吧。』

『目前……真的沒問題？』

『我對他的信心也沒有大到能說出「一輩子都不會有問題」這種謊話。上次也是原本覺得沒問題，最後卻不順利。不過嘛……應該能撐到沙季妳出嫁或是招贅吧？』

如果我兩種都不選，妳打算怎麼辦啊？

『既然如此，為什麼會想再結一次婚？』

『可能是因為，我們體驗過同樣的痛吧。』

『啊……淺村先生也是再婚？』

『對，至少應該不會出現同樣的發展。雖然只是我的希望，但如果想讓人生有些改變，總是得踏上不確定的路。』

是這樣嗎？我事不關己地想。

何謂結婚？從來沒有認真思考過這個問題的我，不可能和有經驗的媽媽從同一個角度思考。

只不過，就算缺乏經驗，還是會有自己的目標。我希望有不結婚也能一個人生活的收入，想要有一個人活下去的力量。

『對了對了，如果可以，希望妳能叫太一「爸爸」。』

突然聽到她這麼說，實在很難讓那個詞在腦袋裡固定下來。

爸爸。

人們都說我這種年紀正是難應付的時期，突然有了個這樣的沒血緣女兒必然會產生心理負擔，媽媽是希望盡可能替他減輕一點嗎？

『要不然會搞混。』

——不是。

『搞混？』

『因為悠太也姓淺村嘛，這樣會不曉得妳在喊誰。』

『悠太？那是誰？』

『唉呀？我沒告訴妳嗎？淺村先生的兒子，淺村悠太。』

『他……有小孩啊？』

『和妳一樣十六歲喔。你們兩個的生日也很接近，不過悠太比較早，所以他是哥哥。妳要叫他悠太哥哥或悠太哥都行。唉呀，反正生日只相差一週，和雙胞胎差不多呢。』

完全不一樣吧？從來沒聽過什麼沒血緣的雙胞胎。

『妳之前都沒說過。』

『現在說啦。我想最晚應該下週就見得到面。然後，因為悠太也姓淺村，想來不是喊太一爸爸就是喊悠太哥哥，兩種都行。拜託妳嘍。』

聽完她的拜託之後又講了哪些話，我已經沒什麼印象。

那天好像就在些沒營養的話題中結束。無論如何，得知突然有了個哥哥，令我十分混亂。而且，一週之內就要和人家見面。這麼重要的事，真希望媽媽能早一點講。聽到媽媽說『總比當天才講來得好吧』的時候，我忍不住抱怨：『沒人拖到最後關頭才講的吧！』

在那之後過了半年。

如果，現在我又問媽媽和繼父的關係：「沒問題嗎？」總覺得媽媽還是會微笑著說：「目前沒有。」

現在的濃情蜜意不會永遠持續下去，媽媽明白這點，也有了心理準備。

即使如此，我依舊覺得太一繼父和媽媽很相配。儘管若問「哪裡？」我大概會難以回答。但是自從遇到繼父之後，媽媽似乎就沒那麼緊繃了。

從女兒的角度來說，她不再硬撐著工作實在是謝天謝地。這樣總比弄壞身體來得好。

媽媽和我的生父合不來。

明明一起生活十年以上，卻無法磨合。因為在媽媽身上，生父看不到他擅自描繪的理想妻子形象。

我和媽媽一邊閒聊，一邊準備晚餐。

差不多到了繼父該回家的時間。淺村同學房間的門開了。他房間一直很安靜，我想他可能是在睡覺或是在看書吧，畢竟淺村同學喜歡看書。

媽媽出聲叫他。

「悠太～可不可以幫忙開電視～？」

「電視嗎？」

要他放電影代替背景音樂。

從我們這邊到電視螢幕是斜的，所以看不見，但是聽得到活力十足的男孩聲音，還聽得到耶誕歌曲。是耶誕片嗎？

淺村同學就這麼坐到起居室沙發上，百無聊賴地看起電影。

從這裡也看得見他的側臉。

看著他的臉，讓我想到初次見面時的事。

當時很緊張的我，勉強擠出些恭維話，他卻全部扔到一邊。儘管雙親似乎提心吊膽地在旁守望，但是沒刻意塑造虛象的他，說出那些話令我感到很安心。

這個人不會把虛像強加在自己身上。

於是我這麼說道。

『我對你沒有任何期待，所以希望你也別對我有任何期待。』

從那天起，淺村同學進入我的視野。

大致準備完畢後，媽媽說已經沒事了，要我去休息。

我脫掉圍裙，思考接下來要怎麼辦。

姑且回到房間後，攤在桌上的單字卡映入眼裡。

已經沒課了，所以不需要預習。即使想準備考試，也因為晚餐時間將近，恐怕才剛開始就得結束。

如果說有什麼事能做，也就是翻翻單字卡吧。

我將耳機插到手機上，播放起低傳真嘻哈。雨聲般的平靜樂音奏響，宛如在耳邊低語。

我拿著單字卡離開房間，走向起居室。

電視播著耶誕片，但音樂讓我不會分心去注意電影的台詞和聲音。待在這裡，繼父一回家我就會知道。

我在淺村同學旁邊坐下，開始翻起單字卡。

bounce……反射。嗯，對了。

concern……有關。啊，也有擔心的意思嗎？worry好像也是？我停下翻頁的手思考。沒錯沒錯，我想起來了。

之前我好像有翻過辭典？找它和worry的差異。concern好像有「為了避免擔心的事發生而採取對策」這樣的正面意義。

不止擔心，也有好好應對，這很重要。雖然不曉得有沒有必要記下來就是了。真有趣。

consider……consider？呃……「思考關於～的事」嗎？

我啪啦啪啦地翻著單字卡。

聽著悅耳的旋律。

淺村同學呆呆地看著電影，我則在他旁邊翻著單字卡。

我不太明白自己醒來的理由。

不過，大概是因為熄燈了才會注意到。

起居室不會關掉的夜燈微光從門縫鑽了進來。燈光以黑暗為背景，畫出一條縱向的細線。

門沒關上。

「我明明關好了才對……」

我一邊自言自語一邊起身。

點亮床頭燈後，隱約能看見門邊擺了個小盒子。

「該不會是耶誕老人……？」

我想起小學低年級給他們騙的事。雖然隔天早上我說「媽媽，謝謝妳」之後，耶誕老人就再也沒來過了。

於是我離開被窩披上開襟衫，拿起禮物盒。

不怎麼大。

盒子能用雙手包住。

拉開緞帶、拆掉包裝紙，便看見媽媽的信與白色小盒子。

這段以「給沙季」開頭的文章——

以媽媽特有的渾圓字體，向總是支持自己的女兒表示感謝，還有擔心我因此過度逞強。來自親生母親的正經書信，為何讀起來會讓人這麼不好意思呢——儘管在閱讀時有

些許尷尬，但是讀到和禮物相關的段落後，我不由得在床上坐正。

接著打開小盒子。

裡面裝著名牌手鐲。

我將注意力移回媽媽的信。

考慮到妳的個性，我想妳高中畢業之後應該會想獨立——

看見這些字句，讓我吃了一驚。我明明從未說出口，但媽媽似乎已經看穿了。

『而如果妳真的這麼做，大概也不會來找我這個媽媽要錢。畢竟妳很頑固。』

「因為是妳的女兒啊……」

我來回看著手上的銀鐲和信。

『所以，這個送妳。到了明年，妳的心思大概都會花在準備考試上面，所以要趁現在還有餘力的時候。緊急的時候把它賣掉也行，我想一個月應該還撐得過去。然後，記得要把握這段時間找人商量。』

連我不擅長拜託別人這點也一清二楚。

「不過就算是這樣，也沒人送禮時會要對方剛收到就去想能賣多少錢啦……」

的確有，就在這裡。

在這封信的最後，媽媽為了禮物變成這種對高中生來說有些昂貴的東西道歉，還說把這種禮物硬塞給我是她的任性，希望我務必收下。

我嘆了口氣。

她已經料到這麼寫，會讓我很難把東西退還給她。

戴了一次之後，我把手鐲輕輕放到床上。在間接照明的微亮之中，手鐲閃著銀色光芒。

我用手指戳了戳它。

「只不過是撐一個月的東西，我才不會嚇到。總有一天我要十倍回送媽媽。」

以宣言來說，聲音小得很曖昧，不如說是祈禱吧。我把東西放回盒裡。

我才不考慮賣掉。

和珍惜的人見面時再戴上它吧。

我沒將盒子蓋上，而是維持能看到手鐲的狀態放在枕邊。

就這麼鑽進被窩。

「謝謝媽媽。」

我輕聲說道。閉上眼睛之前，我又看了一眼盒中的禮物。

黑暗裡，小小銀環的光彩十分顯眼。

那個尺寸，會不會是天使頭上的光環啊？咦，天使的光環好像是金色？算了，這種差異微不足道。我腦裡轉著無聊的妄想，閉上眼睛。

珍惜的人們先後在眼皮底下浮現又消失。

耶誕快樂。

但願幸福能拜訪他們每一個人——

12月31日（星期四） 淺村悠太

灰色天空之下，吐出的氣息是白色的，寒風吹得臉好痛。

早上六點剛過，儘管東方隱隱泛出亮光，卻還是能說微暗的時刻。

既然非得這麼早出發不可，代表東京和長野還是說不上近吧。如果是觀光勝地輕井澤，倒是有新幹線可搭，然而老爸的老家在山裡。

雖說只住兩晚，但在出門前一刻大家還是有點慌。

那個沒有、這個不夠，我們在家裡有如無頭蒼蠅般亂竄。

已經很久沒看到這種景象了。

說得具體一點，上次或許是綾瀨同學和亞季子小姐搬進來的時候。那時候我們好像也是全家出動，又跑那裡又跑這裡的。

儘管沒有當時那麼慌亂，不過為了全家一起出門而慌慌張張還是第一次，感覺倒也新鮮。

我們之中看起來最緊張的，是亞季子小姐。

老爸他們沒辦婚禮。換句話說，亞季子小姐是第一次和老爸那邊的親戚見面，雖然好歹還是有見過老爸的雙親（對我來說是祖父母）。

不過應該也就吃過一次飯才對。

成年男女結婚只需要雙方同意，即使是父母也不能反對，事到如今，就算有人跳出來講「我才不承認那種兒媳」，也不需要在意——表面上和法律上是這樣。

然而，所謂的現實終究要回歸實際情形。

更何況，親戚不像單純的朋友關係那麼好斷。要是被親戚討厭，精神上會造成不小的打擊，無論對方是祖父母、堂表兄弟姊妹，還是父母親。

……沒有血緣的妹妹當然也不例外。

即使被對方討厭，基於這層關係也很難避不見面。

對於完全成了客場遠征的亞季子小姐而言，不能未戰先敗，所以她的事前準備非常用心。戰鬥已經開始。這次是進攻敵方領地，換句話說相當於攻城戰吧。

除了途中所需要的飲料、點心、換洗衣物、盥洗用具、隨身財物等一般旅行準備之外，還有一個重點就是給老家的土產，我們當然沒忘記。三個看似點心禮盒的包裝，三

個家庭的份。已經裝進大行李箱。

亞季子小姐神情嚴肅，一邊瞪著備忘錄一邊檢查行李。我瞄到疑似要發給親戚家小孩的壓歲錢（也就是用小袋子裝的那種），還注意到備忘錄上連名字和金額都有。

調酒師這種需要接待客人的工作，亞季子小姐已經做了很長一段時間，所以細節部分應該也安排周到。那些有可能見到面的親戚小孩名字，想來是特地向老爸問的。我再次感受到，細心準備與事前打底真的是大人的社交技巧。

事先打點好周邊環境，自己的行動就不會遭受阻礙，所以做了不會吃虧。嗯，這種就是大人的處事風格嗎？

我試著想像自己結婚時的情景，再想到別人會期待我做出一樣的事，老實說讓我覺得頭好痛，胃也好痛。我雖然喜歡那些堂表兄弟姊妹，然而麻煩終究還是麻煩。

能不能來個人幫忙開發會自動巡迴婚喪喜慶的社群替身啊？

在思考這些沒營養的東西時，我的手也沒停下。

只不過，我個人的行李只有一個運動背包的量。一來要替換的衣服不多，二來不能忘的也只有學校作業三天份。小時候會覺得不帶四本書就不夠，如今有了電子書。

現代文明萬歲。

「差不多該出門嘍。」

老爸開口，於是我們前往公寓的停車場。

「四人一起出遠門還是第一次呢。」

「這麼說來的確是。」

老爸說道，亞季子小姐點頭附和。

在都內生活沒什麼開車移動的機會，像這樣全家人以汽車移動還是頭一回。

「我也是第一次搭爸爸的車。」

「他都是安全駕駛，可以放心喔。」

亞季子小姐說道。

亞季子小姐似乎有坐過老爸開的車。

抵達公寓停車場時，天空已經亮了一半。

我忍著睡意坐進車裡。

目的地是冬季的長野，輪胎已經換成雪胎。

這趟經由關越自動車道和上信越自動車道的路程，就算不塞車不下雪，也要四個小時。而年末時期兩者都存在，即使這個時間出發，恐怕也要下午才能抵達。

所以才要這麼早出發就是了。

「到了明年，大概就只剩我和亞季子了。你們要準備考試吧？上大學之後，也會有各自的生活。說不定，以後很難有機會四人一起出門。所以，我希望今年大家一起去。雖然那裡什麼都沒有，可能會很無聊……」

「明年兩個人都要考大學了啊。時間真快。」

坐在駕駛座的老爸說道，坐在副駕駛座的亞季子小姐也感慨地呢喃。

老爸說，這趟或許是最後一次四人到齊的旅行。

這句話出乎我的意料。

繫上安全帶並在後座坐穩的同時，我重新思考剛剛那句話。

或許是最後一次——嗎？

我瞄向身旁剛坐下的義妹側臉。

兩耳都戴著耳機的綾瀨同學，看著開始轉亮的窗外。可能是注意到我的視線，她拿掉一邊耳機，微微歪頭。中長髮流瀉而下。

「怎麼了？」

心臟猛然跳了一下。

「啊，不……因為時間還很早嘛。妳不會想睡覺嗎？」

「這……也是。好像有一點。」

依然看著前方的老爸，聽到我們交談後插嘴：

「想睡可以睡喔，沙季。」

「謝謝。我想，應該沒關係。」

綾瀨同學再度戴上耳機，沉浸在音樂海洋之中。她的臉朝向窗外，沒有看我。明明近到手肘幾乎相碰，卻令人感覺好遙遠。有點寂寞。

不，冷靜點。照理說這樣才好。

我和綾瀨同學是高中生兄妹，與雙親共用同一個生活空間。這種狀況下，不能做出什麼逾越兄妹框架的行為，也不能讓別人感覺有這種意圖。

車門關上後，輪胎駛過路面的聲音和風聲，都小到不會讓人感到在意。輕微搖晃的座椅帶來誘人入睡的1／f噪音（註：又稱粉紅噪音，為主要分布在中低頻段的低沉噪音）。眼皮愈來愈沉重。儘管睡意濃厚，我依舊不時和亞季子小姐或老爸講幾句話，勉強讓自己醒著。

沿途碰上幾次塞車後，我們總算從大泉的閘道進入關越自動車道。

就這樣一路北上穿越琦玉縣。

在車上講話的主要是老爸和亞季子小姐，對話內容是些沒營養的生活瑣事——例如亞季子小姐的廚藝。「很好吃喔」、「我還會再做」之類的。呃，不就是平常在聊的嗎？

至於我，頂多就是偶爾應個兩句，算不上有參加對話。即使如此，仍然明顯感覺得到亞季子小姐相當緊張，老爸大概也注意到了。

「再婚的妻子」這種立場，似乎還是會讓人介意。

親戚的目光嗎？

好比說，如果我和綾瀨同學的關係要公開，該怎麼告訴老爸和亞季子小姐才能避免尷尬呢？

就實際的狀況來說，高中期間我們應該都會從家裡通學。這也就表示，每天早上都會和老爸他們碰面……和不得不碰面的人關係尷尬，這種情形實在很糟，我不太願意去想。不過就算是這樣，我也無法考慮放棄和綾瀨同學之間的關係。

喜歡上一個人之後，有可能這麼簡單就放棄嗎？

雖然要是被對方討厭就沒辦法了。

思考到這裡，我注意到某個先前都沒想像過的可能性。

如果我和綾瀨同學的關係，在途中就結束了呢？

即使如此，我與她依舊是兄妹……關係不會消失，就算之後其中一個和別人結婚也一樣。

我是哥哥，綾瀨同學是妹妹，至少道理上是這樣。我的親戚和她的親戚，照理說也都會將我們看成兄妹。

假如老爸和亞季子小姐分開則另當別論。

到底在想什麼啊我？居然有這種不吉利的念頭。

我搖搖頭。

「怎麼啦，悠太？暈車嗎？」

「沒事，單純是想起些討厭的事而已。」

「像是忘了作業？」

「……這個倒是有記得帶。」

你居然認為兒子最討厭的是作業嗎？老爸……算了，畢竟他也不會想到與戀愛有關吧。

自己兒子的戀愛對象還是再婚妻子帶進門的女兒。

我又一次「唉」地嘆了口可能會讓他再度誤會的氣。

坐在旁邊的綾瀨同學，依舊望著窗外景色。

外面已經大放光明，從大樓林立的澀谷街道轉為建築少自然多的風景。

高速公路兩側盡是乾枯的樹木與可見土壤的田地。夏天大概會是一整片翠綠，但是現在已經換上黑色與茶色的冬衣。

兩小時後，我們在服務站休息。

遠方群山蒙上一層白雪。

周圍的焦茶色風景，隨著我們的北上而轉為白色與茶色相間。

「雪還留著。」

「與其說留著，不如說是積雪。」

「這個嘛，因為是長野嘛。」

老爸說道。

我詢問亞季子小姐。

「亞季子小姐是第一次在冬天來長野嗎？」

「年輕時來這邊滑過一次雪喔。」

「妳會滑雪啊？」

「如果滾下山坡算得上會滑雪，那就是會滑嘍。」

那就是不會滑吧……

「太一會滑雪嗎？」

「我？當然。上大學之前，我的地盤在這裡。」

「老爸，原來你會滑雪啊……」

真意外。

車子進了隧道，然後出隧道。

每過一次隧道，風景就更顯清靜。

山間村落戶數少，大多是平房，住家與住家之間的距離也比較遠。

通過一條長隧道之後，老爸說：「過了佐久就到小諸嘍。」

先前交錯的北陸新幹線，與我們所走的上信越自動車道又一次相會，是在過了輕井澤的佐久交流道那裡。繼續往前是小諸、長野，老爸的老家則在更深處。

12月31日（星期四）　淺村悠太

就算列出這麼多地名，恐怕還是不太好理解。總之呢，我也記不清楚，只是坐在後面聽老爸為亞季子小姐一處處解說而已。

此時我看向身旁。綾瀨同學稍微挺起身子，比先前更為熱心地看著車窗外面。

「有什麼讓妳在意的地方嗎？」

我詢問綾瀨同學，她一副像是剛剛才發現我在旁邊的模樣回過頭。

「呃，沒有，倒也不是特別在意什麼東西。你看——像那樣的。」

她指向車子右側。我轉頭順著她所指的方向看去。

對向車道的另一邊，蒙上一層白的田野風景之中，蓋了一間平房，是瓦片屋頂的獨棟住家。穿過山間之後，唯有那棟建築在雪白景色裡散發存在感。

「那棟老房子？」

「對。那棟房子看起來很舊，對吧？那種的應該就叫古民家吧。」

「應該是。」

印象中，民宅蓋好後過了五十年，就能稱為古民家。

從語感來看，會有種歷史建築的感覺，然而五十年前，代表是一九七〇年左右蓋的，換句話說戰爭早在那之前就已結束，還過了四分之一個世紀。以歷史的角度來說是近年的建築，但在定義上五十年就算古民家。

「剛才那間房子，感覺在古民家裡也算得上老呢。」

在高速公路上往車窗外面所看見的風景，轉眼間就已被拋到腦後，風景中只剩下枯樹。

即使如此，依然有蓋法類似的建築零散地在兩側登場。

「你看你看。像那種的，我想應該更老。」

「有衛星天線耶。」

「天線……？你看得還真清楚。」

「可能是有沒有興趣的差別吧。」

為了接收從上方三萬六千公里處所降下的衛星電波，房子外面伸出了白色的碟型天線。

聽到我們對話的老爸開口：

「畢竟這一帶周圍都是山嘛，手機訊號和高速網路也進不了山裡喔。如果想看電視，只能依靠有線電視或衛星啦。」

我點點頭。

「雖然這樣就少了點風情。」

「住在這裡的話，自然而然會變成這樣吧。」

「是啊，我小時候要連上網路也很麻煩，不過現在這部分已經和都會沒有什麼差別嘍。」

「我想也是。」

「妳喜歡那種東西嗎？」

聽到我的問題，綾瀨同學點頭。

「像是舊住家、神社、寺廟，我喜歡看那些保留原本模樣的東西。」

「城堡之類的也是？」

「沒錯沒錯，像是石牆。」

「石牆……？只有石牆？」

綾瀨同學點頭。不知為何，她顯得有點開心。

「那些以前的城，可能城本身已經沒了，只剩石牆還在。有些只剩石牆，也有些只剩護城河，還有只剩柱子的，只剩曾經立有柱子的痕跡的。」

「看那些東西會覺得很有意思嗎？」

「嗯，很有意思。像是石牆，據說只要看石頭的堆法，就能在某種程度上了解它建造的時代，所以對於內行的人來說，只要看石牆就能明白許多事。聽到這些的時候，我覺得好厲害，原來還有人看得見那些本以為已經消失的東西。」

「真要說起來，我連堆法有差都不知道耶。」

「是嗎？教科書裡沒寫嗎……或許沒寫吧。這種事，我大多是看寫真集之類的才知道的，還有影片。」

「連影片都有啊。」

「有喔，用『日本的城堡』之類的搜尋會找到很多。我雖然不太看其他影片，但是這種的從以前就會看。」

「該不會，妳喜歡日本史之類的？」

她點點頭。

這麼說來，我才想到，好像就只有日本史一科，綾瀨同學上次和上上次都拿到一百分。原來她喜歡歷史啊？感覺有點意外，又好像沒那麼意外。

綾瀨同學再次看向窗外，輕聲說道：

「所以，我喜歡看那種古老的建築。古老的建築就會留下古老的回憶。我曉得來這

裡就能看到，所以有點期待。」

嗯，的確，瀝谷應該很難找到古民家。

長野……這麼說來，島崎藤村的詩是不是有提到？國語教科書偶爾會出現。

「小諸古城畔，雲白遊子悲」。

窗外黑白二色的風景，瞬間變得像是褪色的舊照片。

車子駛入遠離人煙的山中，就連零散的建築也從雪景內消失。通過小諸市與長野市後，車子開下高速公路，駛向更深處。我們持續順著蜿蜒山路前行，最後抵達一片開闊的盆地。

能看見一棟很大的平房。

沒有什麼停車場，建築前面的雪被剷掉露出泥土，成了一片廣闊的庭院。

老爸將車停在庭院一角。

「到嘍。」

總之大家先下了車。空氣冷得讓人發抖，周邊還積著雪，如果不剷雪，都會的鞋子大概會陷進去吧。吐出的氣息是白色的，臉頰凍到發痛。氣氛緊張。

「庭院好大。」

下車後，綾瀨同學伸著懶腰說道。

老爸回答：

「算不上庭院，只是什麼都沒蓋而已。唉呀，別的沒有，就是土地多嘛。」

「好氣派的房子。」

綾瀨同學看著眼前的日式平房說道。

「舊的地方是真的很舊喔，因為好像是我祖父蓋的。」

瓦片屋頂的建築隨隨便便都超過五十年，換句話說，它是綾瀨同學喜歡的古民家。

「好棒……」

「裡面已經改建了不少，應該沒那麼不方便。啊，沙季、亞季子，外面很冷，我們趕快進去吧。」

「好的，太一。」

「先搬行李，老爸。」

「嗯。那麼，我們分工吧。」

重的行李由我和老爸抱。老爸領頭朝門口走去，他身旁的亞季子小姐，表情前所未見地僵硬，我和綾瀨同學則是跟在兩人後頭並排而行。

明明那麼早就出門，太陽卻已經過了南邊，逐漸滑向西側。

吐著白色氣息的綾瀨同學，睜大眼睛仔細打量老爸的老家。

——我喜歡看古老的建築。

——因為古老的建築會留下古老的回憶。

老爸的老家，究竟能讓她找到什麼呢？

「我回來了。」

老爸開了門，朝屋內喊道。

每當聽到「我回來了」，就讓我體會到這裡真的是老爸生長的家。

裡面傳出「來啦～」的回應，接著有個腳步聲緩緩接近。

露面的是老爸的母親，也就是我的祖母。

「你們回來啦，太一。佳奈惠他們也剛到喔。」

祖母露出柔和的笑容。她的背挺得很直，聲音也頗有精神。沒什麼變呢，這讓我稍微鬆了口氣。

老爸點點頭。站在一旁的亞季子小姐鞠躬。

「打擾了，媽媽。」

「好好，亞季子也好久不見了。」

祖母的笑臉，讓亞季子小姐的表情稍微和緩了點。然後她輕輕將手放到站在旁邊的綾瀨同學背後。

「那個……這是我女兒沙季。」

「我是沙季。」

綾瀨同學往前站出一步，深深一鞠躬。

祖父母和老爸他們那次聚餐是平日，我和綾瀨同學都沒去。所以對於綾瀨同學來說，和祖母見面是第一次。

「好好，歡迎歡迎。我一直很想和妳見面喔，沙季。」

「請多指教。」

「嗯、嗯，把這裡當成自己家，放輕鬆一點。來，上來吧。大家都在起居室。我再去泡個茶。」

「啊，我也幫忙。」

亞季子小姐說道。

祖母臉上瞬間閃過一絲猶豫，然後說：「也好。」

「那麼我先帶你們到房間吧。」

「好。」

我們在門口脫了鞋子，跟著祖母在木板走廊上移動。不過嘛，我已經來過這裡好幾次，其實聽到起居室就知道是哪裡了。

踩到走廊上時，綾瀨同學輕聲說：

「是三和土……」

聲音聽起來有點感動。我疑惑地歪頭，然後才想到，說不定綾瀨同學是第一次看見土間。不，純粹用看的或許有過經驗，可能實際體會是第一次？

日式房屋不是貼著地面，會把地板稍微抬高一點留空隙，目的是通風。在這個濕度高的國家，如果不這樣蓋，木造建築很快就會出問題。

由於地面和房屋地板的高度不同，舊式房舍只有入口與地面同高，要在那裡脫了鞋才踏上地板。這種雖然在建築內側卻與地面同高的部分，就叫土間。

將土間的部分夯實，便成了三和土。

不過，此時我突然想到，這種知識，說不定綾瀨同學比我清楚，畢竟她日本史拿了一百分嘛。

在走廊上移動時，綾瀨同學一直東張西望。

沿著正對門口的走廊走到底之後，分成左右兩邊。

左邊是廚房。

不過祖母沒往那邊走，而是向右彎。這麼一繞之後，原本的走廊就成了緣側（註：日式木造建築的簷廊）。右邊的雨戶（註：日式建築用以防風的木製門板或拉門）全都收在戶袋（註：可收納雨戶的空間）裡，和庭院之間等於沒有任何阻隔，乍看之下很像會被雨打濕的濡緣（註：指伸出屋簷外且不受雨戶遮蔽的緣側），不過只要把雨戶全部裝上就會變回普通的走廊。

在西斜的太陽照耀下，走廊閃閃發亮。

「好大……」

綾瀨同學輕聲呢喃。

左手邊以紙拉門隔開，不過光是在緣側這邊就能看到三個房間。當成起居室的是正中央那間，靠前面的是祖父母寢室，靠後面的是老爸他哥哥嫂嫂的房間。儘管名字叫太一，不過老爸是次子。

雖然看不見，但是深處（北側）另外還有三個房間，那幾間充當客房。

紙拉門另一邊爆出「哇哈哈」的笑聲。

「唉呀呀，真熱鬧。」

祖母苦笑著把門拉開。

是一間寬敞的和室。淺村家一族已經在此集合，以祖父與身為長子的老爸他哥哥（換句話說，對我而言是伯父）為首，許多人圍成一個圈而坐，五坪大的房間顯得有點狹窄。房間裡擺了兩張矮桌，桌上放著飲料和點心。

「太一來嘍。」

「喔！總算來啦。東京真是遠啊。」

大聲說話的老人站起身來。他就是我的祖父，儘管額頭變寬、頭髮變白，聲音卻還是一樣充滿活力。

「亞季子也好久不見。最近過得好嗎？」

「過得很好。好久不見了，爸爸。」

說著，亞季子小姐低下頭。房間裡的目光全都集中到她身上。

哇，這樣壓力好大。

其中見過亞季子小姐的只有祖父和祖母兩人。她和伯父與伯父的太太、兒子，以及姑姑與姑丈、孩子（這邊有兩個）等七人是第一次見面。

……怪了？多一個人。房間裡有個陌生的女性。

「好啦好啦，打招呼晚點再說。亞季子他們已經累了，我先帶他們去房間。」

「喔，好。」

祖母站到亞季子小姐與其他人之間緩和氣氛。雖然很在意那位陌生女性，但我們只有輕輕點頭便跟著祖母離開起居室，之後順著走廊繞了一會兒，來到北側的房間之一。

「今年你們就用這個房間吧。棉被也準備好了。」

「謝謝妳，媽媽。」

老爸說道。

這間客房是四坪大的和室，房間角落有四團棉被。

榻榻米的氣味濃厚，大概是因為平常沒人使用吧。

接下來兩天就要睡在這裡。

嗯？這裡？一家四口？

注意到這點，令我的心臟猛然跳了一下。這也就是說……呃，先等一下，雖然現在

講這個有點晚，不過我們四人……應該說我和綾瀨同學要睡在同一個房間裡？

「抱歉嘍，今年沒辦法專門為孩子們安排房間，因為啊——」

祖母正要說明時，紙拉門另一邊就像要打斷她似的傳來聲音。

是堂哥幸助。

老爸應聲後我拉開門。不出所料，正是比我年長八歲的堂哥。

他前年大學畢業，成為社會人士。

幸助哥旁邊有一位女性，是方才在起居室的那位陌生人。她的年齡應該和幸助哥差不多，感覺很成熟。

「嗯？幸助，怎麼啦？」

「啊，呃……我想為你們介紹一個人——」

說著，他催了一下身旁的女性，女性隨即低頭一鞠躬，半長髮流瀉而下。她的名字叫渚。

幸助哥害羞地說，其實他結婚了，然後為我們介紹他的太太。

「喔，這樣啊！恭喜啊幸助！」

對於老爸的祝賀，幸助哥報以微笑。

至於我，則是震驚得當場愣住。

明明去年都還看不出他有對象。

一問之下，才曉得渚小姐比幸助哥小一歲，似乎是在大學社團認識的。這也就是說，他們再怎麼樣也交往三年以上了……

不，這絕對不奇怪，不足為奇。畢竟幸助哥比我年長八歲，兩年前就從大學畢業成為社會人士了。

唉，一般來說，大概不會找小八歲的堂弟聊自己談戀愛的進展吧。

老爸也叫來亞季子小姐和綾瀨同學，向幸助介紹她們。兩邊都說初次見面，請多指教。

幸助哥先看向綾瀨同學，然後轉頭看我。

「這樣啊。你有了個妹妹呢，悠太。」

「啊，對。」

「什麼嘛，我還在想悠太是不是也結婚了。」

儘管知道是玩笑，我的腦袋依舊有短短一瞬間變得一片空白。不是，呃，我和綾瀨同學……結婚？

「哪有可能嘛？我還是高中生耶。」

勉強擠出的這句話，應該沒暴露我的動搖才對。老爸、亞季子小姐、綾瀨同學都在的情況下，這人到底在胡扯什麼啊？

這麼說來，幸助哥以前就會這樣調侃別人。

「當然是玩笑嘍。」

「我知道。」

……不過，幸助哥結婚啊。

眼前的堂兄弟彷彿一瞬間變成了大人。

「幸助哥，原來你有參加社團啊。」

我邊問邊把行李推到房間角落。

老爸去起居室向大家介紹亞季子小姐，留在房間的只剩我和綾瀨同學，以及幸助哥和渚小姐。

「雖然算不上熱心參與就是了～」

「不過，小幸是社團裡滑得最好的喔。」

幸助哥自謙，渚小姐立刻為他辯解。明明才剛結婚，卻已經夫唱婦隨，或者該說就是因為搭配得這麼好才會結婚？

「滑？」

「對啊，因為是滑雪愛好會。不過嘛，雖然說會滑，但是在這裡也算不上技術多好啦。」

「長野的人都會滑雪嗎？」

綾瀨同學罕見地加入對話，明明平常她都不會在別人交談時插嘴。

「這個嘛，應該比家鄉沒有雪的人會滑吧。」

「所以才認識渚小姐？」

聽到我這麼問，幸助哥和渚小姐兩人都含糊其詞。

這是怎樣？

看見比自己年長八歲的堂哥表現出一副害羞樣，反倒讓我覺得不好意思。

「不，呃……關於這點嘛。」

「唉。」

兩人之間有種只有他們理解的默契。

12月31日（星期四）　淺村悠太

我投以好奇的眼神後，渚小姐才談起他們相識的經過。

「當時，我正好想嘗試滑雪。然後，有位知道小幸會滑雪的朋友幫忙安排。」

「我完全搞不清楚狀況就被帶到餐廳了。」

「小幸的朋友和我的朋友，都說『小幸滑雪技術非常好，叫他教妳怎麼樣？』把他介紹給我——」

「如果早知道是這樣，我應對時態度會比較好啦。」

「會嗎？」

渚小姐眼裡有笑意，類似「你這人謊話連篇」的感覺。

「他當時是怎麼應對的啊？」

「朋友明明費盡心思捧他，然而他卻非常表現得冷淡，說什麼『我這種程度誰都做得到』、『如果不違抗重力，隨隨便便就能滑下山坡，只要保持平衡就沒問題』之類的。」

「原來如此。」

「真的很冷淡喔。」

「就說對不起了啦……」

「我當時還想『明明才剛認識，但他好像很討厭我耶』。」

「如果有說清楚想要我教，我就會好好回應啊！」

「要是有其他女生這麼說，你也會細心教人家嗎？」

「嗚！不、不是這個意思啦——」

渚小姐噗嗤一聲笑了出來。

幸助哥努力辯解。

「就說了我只是不習慣過度的讚美啦。」

「小幸你啊，可以對自己更有信心一點。而且呢，這樣反倒引起我的興趣。」

「咦，是這樣嗎？」

由於實在很意外，害得我不禁插嘴。

「嗯，該說好就好在他沒把自己吹得比實際上還要厲害嗎？這讓我覺得，他是個誠實的人。」

「呃……謝謝。」

「呵呵。」

兩人的恩愛模樣甚至有種清新感。

不過，既然是從大學二年級開始交往，代表差不多六年了。明明已經相當久，卻甜蜜得像是剛交往的情侶。

這半年來，老爸和亞季子小姐動不動就在我眼前表現得像是鮮奶油加楓糖漿那麼甜，我還以為自己已經習慣了。然而看見原本以為和這種事無緣的堂兄弟有類似……應該說更直接的互動，才讓我覺得人外有人——老爸他們那樣，已經是刻意在孩子們面前收斂了嗎？

「我懂……」

有句聽不太清楚的輕聲細語傳進耳裡。

在我旁邊聆聽的綾瀨同學，不知不覺間已經整個人往前傾。

雖然不曉得懂了什麼，但是綾瀨同學一發現我在看她，就立刻別開視線。

「不過，結婚是臨時決定的？」

我把目光移回幸助哥身上，試著詢問。

為什麼連老爸都不知道？一般來說，好像至少該寫個明信片通知一聲。

一問之下，幸助哥就說「婚禮還沒辦」。據他說可能還要等半年以上，所以講得精確一點似乎是「已經登記了」，和老爸、亞季子小姐一樣。

「不舉行婚禮嗎？」

「倒也不是，我很想。應該說，其實原本連求婚也要再晚一點的。」

「咦？」

我瞬間瞄了渚小姐一眼。女性聽到人家講「希望延後結婚」這種話，應該會有點不高興吧？我擅自這麼揣測。

渚小姐看起來不怎麼在意，這讓我有點意外。

「只不過，呃……這件事我目前還只有告訴我爸爸他們而已。總之我好像會被調往海外。」

「海外！」

「對。目前來說，暫定是整整兩年。」

「什麼時候出發？」

「春天。」

「那不是馬上就要走了嗎！」

「所以，現在要找會場也不容易。何況手續也很繁複。」

「說穿了根本訂不到……姑且還是有找過就是了。」

「人家要我們提前半年訂，說是現在才找要等到夏天以後。」

「原來……是這樣啊？」

我根本沒真的思考過結婚的事，當然也沒查過相關資訊。完全無法想像。

「對。呃，如果不挑，可能還有地方空著吧。不過，幸助家親戚也多，必須找個大家都能到的日子，辦在大家方便集合的地點才行吧？」

「這種場地當然搶手。而且，還要考慮渚的喜好。儘管男人不太在意婚禮是日式或西式，但是女性有的喜歡婚紗、有的喜歡白無垢。」

「居然講得像是我很任性一樣。」

「抱歉抱歉，我沒有這個意思啦。唉呀，不過去了那邊之後，也不見得兩年就能回來。」

「我不想等。」

渚小姐雖然看起來個性溫順，卻是會把情緒明確說出口的那種人。我想這點大概和幸助哥很合吧，畢竟這位堂哥不太會主動觀察別人的情緒。

「所以，最後決定至少先登記。她還說了要陪我一起過去呢。幸好，公司沒強迫我單身赴任。」

「兩人一起去海外啊……你們是什麼時候登記的？」

「24日。」

「咦？呃，難道是這個月？」

「沒錯。」

難怪不知道。

「我們半年前就住在一起了，那天只是辦手續的日子而已。因為她說紀念日挑個忘不掉的日子比較好。」

「畢竟小幸很健忘嘛。如果不提醒，連我的生日都能忘記。」

「這倒是不會。」

「是嗎？」

「相信我啦。」

這兩個人感情真的很好耶。

「好啦。那麼，悠太，我們要回去那邊了。」

「啊，好，我們也——」

12月31日（星期四）　淺村悠太

就在我正準備說「一起過去」的時候——

紙門隨著啪噠啪噠的腳步聲被拉開，「小悠～來玩～！」的聲音響起，兩個小孩跑進來。

他們都是小學生的年紀，拉門的力道大得會發出聲音。

兩人就這樣毫不客氣地朝我撲過來。

「小悠小悠！來玩！」

「來玩～」

一口氣變熱鬧了。

「拓海、美香，好久不見。」

說著，我便把兩個抱住我腰部的小孩摟進懷裡。一年不見，兩人都長大了呢。年長的男生是拓海，女生是美香，兩個都是老爸妹妹的孩子，對我來說就是表弟表妹。拓海比美香大兩歲。

「欸欸你看你看，小悠！看這個，我收到怪獸～」

「收到～怪獸～」

「不是吧？美香收到的那個是戒指。怪獸是這個！」

拓海高舉塑膠怪獸說道。

而美香看著哥哥舉起的怪獸玩偶，也有樣學樣地高高舉起自己的玩具戒指。說是戒指，卻不是大人戴的那種真貨，而是像棒球那麼大的塑膠製品。相當於寶石的部分畫著像魔法陣的圖案，或許是某部動畫的周邊商品？我不太清楚，但是丸可能會知道。

「那麼，這是戒指怪獸。」

「那是什麼啊！算了。欸，小悠，來玩！」

「來玩～」

「等一下等一下。」

小孩子真的很突然。

「欸～這個漂亮的姊姊是誰～？」

靠在我身上的美香問道。

「她是綾瀨同學喔。」

回答之後，我才注意到。

這樣他們聽不懂。畢竟維持舊姓是為了生活方便，將綾瀨同學介紹給親戚們時則是稱呼她淺村沙季。在老爸的故鄉這裡，舊觀念並未消失，有些人認為家人同姓是理所當

然的。

我稱呼她綾瀨，看起來會不會像是拒絕與她成為一家人？所以在這種場合，介紹時說「她是我妹妹沙季」比較好。如果直呼名字會感到抗拒也可以喊「小季」之類的——不，不行，主要是我受不了。

美香轉過頭。

就這麼指著幸助哥和渚小姐。

「小幸和小渚！」

「是是是。不過不可以用手指人喔，美香。」

幸助哥摸摸美香的頭，這麼告訴她。

「嗯，我知道了。」

美香又轉過頭，這次看著我。

「小悠！」

「啊，嗯，午安。」

「然後，呃……綾……小綾！」

「咦？啊，是？」

綾瀨同學似乎很困惑，用疑問語氣回應。

美香歪著頭，一副想問「不是嗎？」的模樣。不是。真要說起來，「綾瀨」是姓不是名。不過現在才告訴美香人家是「綾瀨沙季」或「淺村沙季」，大概只會讓她更混亂吧？

更何況「小綾」聽起來不是很像在喊名字嗎？

儘管我自己也覺得這招很奸詐，但是這麼一來，就算我繼續喊她綾瀨同學，也不會不自然了吧？

「欸欸，小悠。」

「嗯？」

「小綾是小悠的朋友？」

「綾瀨同學是我妹妹喔，最近剛變成妹妹。」

美香歪著頭。

一臉聽不懂的表情。

「美香，媽媽有說過吧。太一伯父結婚了。」

「結了婚，就會有妹妹嗎？」

我不禁苦笑。該怎麼講才能讓她明白呢？

我試著想了一下，卻想不到比較好的解釋方法。不得已，我決定岔開話題。這種懷念的感覺，讓我想起小學時的自己。我以前是不是也像這樣要幸助哥陪我玩啊？小學，而且是高年級……到拓海他們的年齡時，媽媽已經不理我了。

即使只有正月的短短兩天，幸助哥能陪我玩依舊讓我很開心。

「拓海、美香，要玩什麼？」

「「遊戲！」」

兩人異口同聲。

「遊戲啊……」

這裡講的「遊戲」，不是新年慣例的繪雙六或笑福面，也不是歌牌、百人一首或桌遊，理所當然地是指電玩遊戲。

不愧是數位原生世代。

「我去找媽媽拿！」

拓海奔出房間。

急著要跟上哥哥的美香差點摔倒。我趕緊拉住她，然後就這麼牽著她的手。

全員再次回到起居室。

拓海對他母親說想要玩電玩遊戲。他們似乎有帶掌上型主機，也有帶家用主機，於是我們帶著遊戲機移動到有電視的房間。

很顯然地，就算要兩個小學生加入大人們的閒談，他們也只會覺得無聊。畢竟我以前也是。

在幸助哥的幫忙下，我們裝好主機。手把有四支，可以四人一起玩。

「悠太，能麻煩你陪他們兩個嗎？」

幸助哥這麼問，我點點頭。

於是幸助哥和渚小姐回到大人們所在的起居室，或許他們有婚禮的事要商量也說不定。

幸助哥和渚小姐離開房間，紙門靜靜關上。

我和綾瀨同學留在小孩房間。

「來玩遊戲吧！小悠！」

「喔、喔。呃……玩什麼？」

我啟動主機，尋找遊戲。

包含綾瀨同學在內一共四人，所以我在找有沒有能夠四人一起玩的，然後看到某個遊戲。

「這個應該可以……拓海你們行嗎？」

詢問後，兩人一如所料地用力點頭。

我本身對電玩遊戲了解不多，但是這個遊戲以前丸教過我要怎麼玩。

「那麼，綾瀨同學也來吧。請。」

「咦？可是，我不知道這是什麼遊戲耶？」

「很簡單，沒問題的。況且這個遊戲不是對戰，而是合作。」

如果拓海他們沒拿遊戲主機過來，我就會把自己的平板借給他們。不過像這樣大家一起在大螢幕前玩，還是比較熱鬧。

我啟動遊戲。

畫面上出現四個小廚師。這個遊戲的流程，就是要操縱這些小不點廚師按照顧客點餐的內容做菜。

當然，並不簡單。點餐有時間限制，調理場還會變形。不過遊戲設計成只要四人好好合作就能過關，這是一個有解謎要素也有動作要素的遊戲。

我們坐在電視機前，玩起遊戲。

畫面上，我們操縱的小不點廚師開始動來動去，切菜、用平底鍋煎肉。點菜單飛來飛去、盤子和料理也飛來飛去，還能聽到顧客嫌上菜慢的怨言。

兩個小學生似乎已經玩得很熟，動作相當俐落。他們互相指示，做出一道又一道菜，我和綾瀨同學只能勉強跟上他們的指揮。

「小綾、小綾！」

美香出聲叫綾瀨同學。看樣子，對拓海和美香來說她已經是「小綾」了。

「什、什麼事？」

「肉要燒起來嘍！」

「咦？」

綾瀨同學操縱的廚師還沒趕到平底鍋旁邊，火焰已經熊熊燃起。

「啊啊啊啊！」

一旦加熱過頭，食材就會毫不留情地起火。要是放著不管，連調理場也會跟著燒起來。

驚叫出聲的綾瀨同學還真罕見——現在不是為這種事感動的時候。平常理性沉著的綾瀨同學已經完全陷入恐慌。

「冷靜點，綾瀨同學！」

「這個該怎麼辦——」

調理場起火可以用滅火器解決。不過嘛，燒起來的料理只能重做就是了。

很遺憾，時間到了，我們沒過關。

「對不起。」

「小綾，妳不會做菜？」

「不不不，美香，她廚藝很好喔。至於這個，因為是遊戲嘛。沒關係，綾瀨同學，下次再努力。」

「你這麼認真地幫忙辯解，反而很傷人。」

「咦！」

我沒這個意思——

「呃，不過妳廚藝好是事實啊。」

「可是肉燒起來了，調理場也燒起來了。」

「那是遊戲啊。」

「我才不會輸。」

「習慣以後，妳應該在這邊做菜也會做得比我好。現在是還沒習慣啦。」

「不甘心。」

我或許還是第一次看見綾瀨同學為這種小事生氣，雖然我早就知道她很好強。

「小綾、小綾。」

衣袖被拉的綾瀨同學轉向美香。

「媽媽說，兄妹要好好相處才行。」

說完，美香轉向拓海說：「對吧？哥哥。」

拓海也點頭。

「小綾討厭小悠嗎？」

「沒、沒這回事——」

「那麼，和好比較好喔。要我教妳怎麼和好嗎？」

「麻煩你了……？」

為什麼要用疑問語氣啊？

綾瀨同學就算跟大學副教授都能爭論一番，碰上小學生卻好像抓不到方向。

12月31日（星期四）　淺村悠太

至於我，一來每年回鄉下都會陪拓海和美香，二來我隱約還記得以前人家是怎麼應付我的。不過綾瀨同學他們家好像幾乎沒和親戚來往，與每逢婚喪喜慶就會聚首的淺村家有經驗差距吧。

而且拓海和美香在我所知道的兄妹檔裡，算是感情特別好的一對。

美香抓住哥哥拓海的手臂。

「哥哥，我們和好。」

「好好好。美香，對不起。」

「**我言諒你**。」

「好。那麼，我們和好嘍。」

說著，拓海和美香就讓彼此的臉頰貼在一起，然後互相擁抱。瞬間，現實感從我眼前飛走，這一幕簡直像是在看外國電影。大概是拓海和美香的髮色、膚色都偏淡，五官又很端正吧，彷彿看見宗教畫的天使一樣。

兩個天使黏在一起嘻嘻笑。

據說佳奈惠姑姑的結婚對象有四分之一外國血統，所以拓海他們生了一副會讓人聯想到天使的外表。

這時——

就在微笑守望的我眼前，美香親了拓海的臉。

「看。」

「哥哥你們也和好吧。」

兩人臉貼著臉轉過來，我和綾瀨同學當場愣住。

咦？剛剛那是和好的方法？

掛著天使微笑的拓海與美香看著我們。露出像在說「不做嗎？」的表情。呃，就算是感情很好的兄妹，一般來說也不會親吻吧？

應該不會才對。

「不和好嗎？」

「啊，不，我們已經和好嘍。」

「嗯……」

「綾瀨同學？」

不知為何，她的樣子有點怪。

「你們幾個～！吃飯嘍～！」

走廊響起的聲音，讓我回過神來。

我喘了口氣，把手往後撐，手碰到榻榻米時滑了一下，讓我有點慌。明明平常摸起來會覺得很粗，順著紋路的方向時卻會變滑。

放開彼此時，拓海和美香已經拉開紙門大喊著「吃飯！」跑走了。

「走吧，似乎要吃飯了。」

「也對。」

我們兩個帶著一臉剛從夢裡醒來的表情，緩步沿著走廊移動。

吵死人的心跳聲響個不停，希望抵達大人們等待的房間時，它能夠平靜下來。

親戚們聚集在像是宴會場地的大廣間。

這個房間約有七坪半。

中央放了三張矮桌。

桌上擺著以大盤子盛裝的料理，看樣子是壽喜燒。有三組桌上型卡式爐，爐子上各自放有鐵鍋，醬汁已經在鍋裡煮了。

壽喜燒的料大多是蔬菜。蓮藕、牛蒡、香菇、鴻禧菇、金針菇、蔥、春菊……肉是雞肉。認為壽喜燒就該用牛肉的人應該很多，不過在淺村家說到壽喜燒就是雞肉，理由不知道，可能是因為便宜，或者單純因為習慣。算了，反正我喜歡雞肉，所以無妨。

除此之外，還有裝在重箱裡的年菜。

這些也是剛做好的。

伊達卷、栗金飩、蜜黑豆、鯡魚子、魚板、昆布……整體來說偏茶色是和食的弱點，不過多虧魚板的紅白、蝦子的紅，以及伊達卷和栗金飩的黃色，保住了餐桌上的彩度。

年菜裡我最喜歡伊達卷，小時候常因為只吃伊達卷而挨罵。不過以小孩的味覺來說，其他菜實在不怎麼好吃嘛。等我開始覺得煮魚、鯡魚子、蜜黑豆也很好吃，大概是上高中以後的事了。看樣子味覺似乎會以第二次性徵為分界線而有所改變。

親戚們早已圍桌而坐。

啤酒已經開瓶，老爸他們邊喝邊聊。

我和綾瀨同學抵達時，祖母和亞季子小姐正好從廚房拿來瓶裝茶和麥茶給小孩子們喝。

全家到齊後，大家才開動。

12月31日（星期四）　淺村悠太

這個家是祖父母和長子（老爸的哥哥）夫妻及他們的孩子三代同堂。老爸住在東京，老爸的妹妹一家住在千葉。這些人齊聚一堂，總共……十二人，加上我和綾瀨同學，共有十四人聚集在此處。大家在桌旁排排坐，對我來說並非什麼稀奇的畫面，但是綾瀨同學拉開紙門進來時顯得有點畏縮。

大家乾杯後開始夾菜。又過了一會兒，老爸再次向親戚們介紹亞季子小姐與綾瀨同學。

可能是因為抵達後已經介紹過一次，從老爸旁邊站起身的亞季子小姐只說了聲請多指教就完畢。但她身旁的綾瀨同學則是初次介紹，光說名字還沒完，大家還問她幾歲、在學校做什麼之類的。

在現代東京生活，就算是親戚，也很少初次見面時就問名字以外的情報。然而老爸的家鄉還保有以前那種打交道的方式，直到祖母說「好啦好啦，就先到這裡吧」，綾瀨同學才終於能夠坐下。她看來鬆了口氣。

接下來換成幸助哥起身介紹他旁邊的渚小姐。這回變成由渚小姐面對親戚們的問題攻勢。

我悄聲說了句：「辛苦了。」為綾瀨同學倒茶。

「謝謝。」

「要吃什麼年菜？我幫妳拿。」

「呃……那麼，我想要伊達卷。看起來很好吃，而且我喜歡伊達卷……我說了什麼奇怪的話嗎？」

「不奇怪不奇怪，因為我也喜歡。」

我用公筷把伊達卷從重箱裡夾到手邊的小盤子上。

綾瀨同學夾起來咬了一小口。

「爸爸就是吃這個味道長大的啊。原來如此，所以媽媽……」

儘管我不明白什麼東西原來如此，不過綾瀨同學倒是一臉心領神會的表情。

接下來一段時間內，我們兩個都默默地動筷子。

對於周圍的對話則是心不在焉地聽著。

幸助哥大學在琦玉讀，但是畢業後就回到長野。換句話說，畢業之後他和渚小姐是遠距離戀愛。原本還在想他每個週末都搭車跑去哪裡，結果不知不覺間就找到了這麼可愛的婚妻——

我聽到了這樣的對話。

「一想到可能變得幾乎沒辦法見面，還是會感到不安。雖然在這個時代，每天都能透過網路見面。」

渚小姐這麼說道，幸助哥在旁邊猛點頭。

所以調往海外成了他們去登記的契機。

聽著聽著，我開始思考換成自己會怎麼樣。如果會見不到綾瀨同學——

「唉呀，因為幸助怕寂寞嘛。這傢伙以前就討厭一個人看家，我們去哪裡他都想跟喔。」

由於幸太伯父這麼說完，幸助哥就尷尬地表示：「別再說了啦爸爸。」所以接下來又講了不少幸助哥以前的事，從小時候的樣子一直講到喜歡什麼、討厭什麼。幸助哥面露苦笑，渚小姐則是很感興趣地聽著。

我心不在焉地聽他們閒聊，這才知道渚小姐在夏天幸助哥說要調往海外時，好像已經搬來這個家和幸助哥同居。至於渚小姐自己的工作怎麼樣，就不曉得了。如果她在長野找了工作，跟著幸助哥出國時，那份工作要怎麼辦？

換成平常，我大概會將這些事歸類為私人情報，把他們聊的內容當成耳邊風，現在的我卻豎起了耳朵仔細聽。

注意到自己下意識的行動之後，我甚至吃了一驚。

現實的男女交往，和電影、書本裡的不太一樣。可能虛構的故事都會想凸顯它最為耀眼的一面吧？畢竟是娛樂，這也是理所當然的。

不過現實終究是現實。擋在眼前的並非什麼戲劇性的障礙，而是隨處可見的麻煩事，比方說到公家機關辦手續、告知周圍的人……以及像這樣暴露在親戚的好奇眼神之下，況且這些親戚都知道自己的過去。

還有露骨地說「早點讓爺爺奶奶看見小孩的臉」之類的。

這年頭晚婚化明顯，選擇不生育子女的夫妻也增加，所以這種話題應該很敏感就是了。然而渚小姐沒有拿這點找碴，而是面帶微笑安靜地聆聽。綾瀨同學輕聲說：「她好成熟喔。」使得我不由得偷看她的臉。

綾瀨同學不擅長避重就輕。

相對地，亞季子小姐則是待在祖父母旁邊，一邊為兩人倒酒一邊陪他們聊天。看見她始終面帶笑容地與祖父母交流，讓我體會到長年在都會一等地段的酒吧當調酒師是怎麼一回事。

無論內心怎麼想，至少亞季子小姐臉上沒表現出半點不滿。只不過，這點我的生母

也一樣。在每年只見一次的親戚面前，她總是裝得很乖巧。

離婚後數年，老爸每次參加正月聚會大概都如坐針氈。

因為要持續承受親戚們「為什麼離婚啊？」的地毯轟炸。面對這些攻擊，老爸並未貶低我的生母，只用「有很多原因」帶過話題。

如果我們結婚，現場的氣氛會怎麼樣呢……我不禁感到不安。自己和綾瀨同學有辦法像這樣好好和親戚交流嗎？

時間流逝，夜幕降臨。

大家一同坐在大廣間裡吃著跨年蕎麥麵，談笑回顧這一年。途中，拓海和美香打起瞌睡，我和幸助哥幫忙讓兩人睡下，除此之外都在和親戚們閒聊。

這段期間，綾瀨同學始終像隻離開自己地盤的貓一樣乖巧。

「那麼，差不多該出發了？」

祖父說完後站了起來，大家也紛紛起身。

綾瀨同學雖然也跟著起立，卻一臉困惑地在我耳邊說悄悄話。

「呃……要去哪裡？」

「二年參拜。雖然是開車過去，但是天氣冷，穿上外套比較好。還有，如果真的覺得冷，回來以後建議再洗個澡。」

「現在出門？」

「當然嘍，所以才叫二年參拜嘛。」

綾瀨同學的眼睛快閉起來了，看來睡意濃厚。

「嗯，如果很想睡，留在這裡睡覺也行。怎麼樣？」

「……我要去。」

所謂二年參拜，就是指新年到神社寺廟參拜的時間，會從除夕晚上跨過深夜零點到元旦。

我們準備好厚外套，走到屋外。

儘管沒下雪，但這裡畢竟還是長野的深山，氣溫已經低於零度。

玄關門一開，尖銳的風聲就讓我忍不住縮了一下，寒意從腳下悄悄靠近。

我連忙鑽進老爸車裡。感覺最冷的一段時間，恐怕就是關上車門讓暖氣發揮效果之前了。預定披上的外套仍放在腿上，淺村家一行三輛車駛向最近的神社。

除夕夜鐘聲的第一響，則是從車上收音機聽的。

我們抵達神社，將車停到停車場。

下車後，我穿上外套，仔細扣好以免寒氣入侵，然後戴上帽子。綾瀨同學送的圍脖當然也沒忘。全副武裝。

綾瀨同學也一樣，手套到帽子都穿戴齊全，還穿了一件很厚的粗呢大衣。晚上也很顯眼的芥末黃很適合她。

亞季子小姐走過來，將暖暖包遞給我們。

「放進口袋就可以嘍。」

我們心懷感激地接過。不愧是亞季子小姐，準備周全。

停車場周邊被剷到一旁堆起來的雪，成了堅固的牆壁。那麼多雪要是積在地上不清理，大概根本沒辦法參拜吧。儘管每年都是如此，然而一想到這裡，還是會對那些為了參拜而幫忙剷雪的人感激不盡。

「真的是在深山呢。」

「沒錯，因為是奧社嘛。」

「奧社？」

「這個地方，從山腳往上有好幾間神社。前面有看到日本神話裡很有名的故事天岩戶，對吧？這裡就是祭祀與那個神話有關的神。」

「喔……嗯，我當然知道。生氣的太陽神躲到天岩戶另一邊過起繭居生活，於是神明辦起熱鬧的宴會把她引出來。」

「唔，嗯，就是那個。」

我附和了一下綾瀨同學這番隱約能猜到她怎麼記住考試範圍的重點整理，然後告訴她，淺村家每年都會到山上奧社參拜。

「順帶一提，要從這裡走兩公里。」

「咦？」

「途中還要走很長的階梯，有明天會肌肉痠痛的心理準備或許比較好。」

「我沒聽說過這件事。」

她抬眼瞪我。

「所以要待在溫暖的車上也可以，怎麼樣？」

「……我要去。我不想一個人在這種地方等。」

「嗯，體驗後覺得很難受的話記得說一聲，下次會讓妳留在家裡等。」

隨口這麼回應後，綾瀨同學吃驚地抬起頭。

12月31日（星期四）　淺村悠太

「下次？」

「因為這是每年的慣例。」

「下次啊。嗯，我知道了，凡事都該體驗一下嘛。如果覺得很難受，我會說的。」

「希望如此嘍。」

這或許也是種小磨合吧——此時，我腦中隱隱有這種念頭。

老爸和亞季子小姐並肩而行，我們跟在兩人後面。

一走近坐鎮入口的大型鳥居，綾瀨同學就從大衣口袋拿出手機。

她啟動相機，拍攝鳥居。閃光燈亮起，木造巨大鳥居與它背後的白色積雪，就在那一瞬間浮現。當然，有調降亮度，以免影響其他參拜客。

「喂～別走散喔～」

聽到老爸的呼喚，我們加快腳步，要避免滑倒費了一番工夫。

我們先靠向路邊才通過鳥居，正中央是神明走的。

參拜道路筆直向前延伸，看不見盡頭。儘管剷過雪，腳下卻仍有淺淺一層白色與沙子混在一起，如果不放慢腳步很容易摔跤。

不習慣的綾瀨同學有好幾次差點滑倒，於是我教她在雪上要怎麼走路，訣竅就是以

「整個腳掌抓住雪」的感覺來走。

通過鳥居後，一路上都是平坦的道路。

走了十五分鐘之後，才好不容易走完約一半。

塗成朱紅的門出現在眼前，那便是中間地點。大門上方是茅草屋頂，如果不是冬天就能看到茂密的草，此刻則蒙上一層白雪。掛著注連繩的朱門擋在前面，攔阻俗世災禍入內。綾瀨同學拿出手機將它們拍下來。

她真的很喜歡這種老建築呢。

我也重新打量眼前的門。

「古老到這種地步，會有種歷史感呢。」

「嗯～我覺得不止如此。」

「咦？」

「古老會帶來歷史感。但是我認為，之所以能感受到歷史，不只是因為古老。我們所看的，其實是人們對待建築的方式，不是嗎？」

「對待建築的方式？」

「沒錯。舉個例子，假設我們找到一個沒有眼睛的舊不倒翁，我們能看出來，沒有人寄託願望在它身上——沒有人使用它。所以，如果說會從那個舊不倒翁上頭感受到什麼，多半是哀傷。」

「原來如此。」

「真要說起來，用來遮雨的木造建築，如果沒人打理，自然會腐朽消失。你也聽說過『沒人住的建築容易壞』吧？」

聽到綾瀨同學這麼說，令我想到來長野途中她在車上講過的話。

古老的建築會留下古老的回憶——

也就是說，綾瀨同學想表達的是這個意思吧。

眼前這道帶有鄉野風情的朱門，並不是只告訴大家它經歷許多年月而已，光是存在於此地，就證明有人費心維護。

「沒錯沒錯。」

這些全都包含在綾瀨同學所謂的「古老回憶」之中啊。

「妳是在側寫嗎？」

「側寫？」

「推理小說偶爾會提到。從發生的案件對犯案人物進行統計學上的分析，就叫做犯罪側寫。」

「這和推理有什麼不一樣？」

「側寫不會找出特定的犯人，它只能告訴大家『犯下這種案子的人，在統計學上會是這樣的人』，凡事往往會有例外。好比說，即使有『殺人』這個共通的結果，動機也不見得一樣。應該說，就是因為人們覺得有所不同，才會存在強調犯案動機的派別。」

「……你對推理作品真的很了解耶。」

「我倒覺得自己不太了解就是了……」

畢竟打工地點有個超愛推理的讀書人嘛。

某位一頭黑色長髮的和風美女閃過腦海。

「——唉，都是從書裡讀來的知識啦。妳對古老建築是怎麼變成如今的模樣很感興趣，對吧？」

「或許是……」

「『古老的大鐘』嘛。」

歌詞的內容，是講述一個從爺爺出生到爺爺去世都在運作的時鐘。這首歌取材自真人真事，故事主角就是引發作者靈感的時鐘。

每一樣製造出來、贈送出去的東西，從它現在的模樣，就能看出它被做出來、送出去之後得到的待遇。

已經停止的時鐘，它的一生正好與逝去爺爺的人生重疊。

「不要唱喔。」

綾瀨同學立刻插嘴。

「嗯？」

「那個不行。」

「妳討厭？」

「會哭。」

黑夜中，靠著道路兩側的蠟燭微光，只能隱約看見綾瀨同學的臉。即使如此，向來理性的她說出這幾個字還是太出人意料，令我瞪大了眼睛看著她。

「啊……………了解。」

我們登上階梯，從狛犬之間通過，前往神社境內。

手水場的水結凍了，不得已只好放棄淨手。我們走到拜殿前，將事先準備好的五圓丟進賽錢箱，搖響鈴噹。錢幣的聲響在黑暗中迴盪。鞠躬兩次，拍掌也兩次。扣除有嚴格要求的場合，我去哪裡參拜都是用這種標準做法。

第二次合掌時，我自然地回想這一年，有種思緒得到整理的感覺。

追根究柢，所謂新年參拜是源自平安時代在寺廟過除夕的習俗。不過現代的二年參拜，真正目的應該是回首過去一年，抱著煥然一新的心靈迎接新年吧——我腦中還閃過了這樣的念頭。

這一年發生好多事。

老爸再婚，迎接綾瀨同學她們成為一家人，不過是短短半年前的事。

突然有了個同齡的無血緣妹妹，她那身和我不一樣的顯眼打扮，起先讓我嚇了一跳。

定期考時，助不擅長現代文的她一臂之力；暑假時，向來懶得出門的我也罕見地和同校其他學生一起去泳池玩。

記得就是在泳池，我發覺自己喜歡上綾瀨同學。

那也是個令人難受的自覺。我們的父母，各自和之前的結婚對象有段不幸的分手經歷，所以兩人再婚後極力避免不幸再度萌芽。我想，父母應該很希望我們成為一對要好的兄妹。

總是擦身而過的我們，在秋初向彼此坦白了自己的心意。然後，我們約好讓互動保持在「距離特別近的無血緣兄妹」能夠讓人接受的範圍內。但是，我們在萬聖夜接吻了……

這一年發生的事，宛如走馬燈般瞬間竄過腦海。我分開雙掌，睜開眼睛。我們後面有人排隊，沒有感慨的時間。我最後再度一鞠躬，隨即從拜殿前退開。

走向老爸他們等待的地方時，我問身旁的綾瀨同學：

「妳剛剛祈求什麼？」

「光是回顧過去一年就很勉強了，沒空許願。」

說著，她面露苦笑。我笑著說：「一樣。」

我們沿著來時路回到停車場。

互道「辛苦了」的時候，綾瀨同學對我說：

「啊，不抽籤沒關係嗎？」

「這麼說來有點想抽耶，畢竟每年都有抽。」

老爸聽到我的嘀咕。

「那麼，抽完籤再回去吧。」

我們坐車前往中社。冬季時山上的授與所沒開，所以必須去中社。

雖是特地來抽籤，綾瀨同學一打開卻愣住了。

「大凶……」

「明明是正月，居然放了這個啊……」

「你呢？」

「小吉。」

她不高興地瞪我。呃，這不是我的錯吧？雖然說想抽籤的確實是我……

「唉呀，壞結果留下來就好。看，綁籤的地方就在那裡。」

順著老爸指的方向看去，就見到一條拉起的繩子上綁了好幾張白紙。

綾瀨同學把折得很漂亮的籤牢牢綁在繩子上。

離開時她雖然在笑，但我覺得她還是有點介意。

我們將仍在響的除夕鐘聲拋在後頭，離開神社。

就這樣，我們的新一年開始了。

12月31日（星期四）　綾瀨沙季

「是三和土……」

脫口而出的這句話，連我自己都吃了一驚。

淺村同學的老家（繼父的老家），是一棟很大的房子。而且，還是古民家，已經有點年紀，我想應該是昭和初期蓋的。

瓦片屋頂，土間是三和土。

上了玄關台階後，走廊就像黑檀木那樣帶有光澤，看得出有細心維護。

我喜歡老建築。

特別是這種看得出有精心保養、深受主人愛惜的建築和家具，看著它們會讓人覺得能見到它們走過的歷史，我非常喜歡這種感覺。

走廊的雨戶已經收進戶袋，旁邊就是冬季陽光照耀的庭院，可以看見斜向灑進來的光線。

話說回來，我有點……不，是相當緊張。

說實話，我很害怕。

甚至開始擔心他們會說「妳跟來幹什麼」。自己與人相處的能力實在低落到令我想哭，我和只要有三分鐘就能對任何人敞開心胸的真綾不一樣。

太一繼父的母親看起來很溫柔，媽媽和我向她打招呼時，她始終面帶笑容。即使如此，緊張依舊無法舒緩。

走廊左邊關起來的紙門彼端，傳來大人們的笑聲。

「唉呀呀，真熱鬧。」

繼祖母輕聲說著，拉開了紙門。

寬敞的和室裡，許多人圍成一個圈而坐。面前的壓力讓我不禁縮了一下。

「太一來嘍。」

「喔！總算來啦。東京真是遠啊。」

大聲說話的老人站起身來。這個人，大概就是太一繼父的爸爸。換句話說，對我而言是繼祖父。

「亞季子也好久不見。最近過得好嗎？」

「過得很好。好久不見了，爸爸。」

房間裡的目光，全都聚集到鞠躬的媽媽身上，然後也落在我身上。

這些目光似乎不是百分之百歡迎，感覺好沉重。儘管他們沒有惡意，卻隱約有種不曉得該怎麼對待我的感覺。

「好啦好啦，打招呼晚點再說。亞季子他們已經累了，我先帶他們去房間。」

繼祖母放我們離開現場。

等到紙門關上隔絕目光，我才總算鬆了口氣，緩緩放開不知不覺間緊緊握起的手，手心有汗。糟糕，感覺胃不太舒服，有點想吐。

對於再婚的妻子和她帶來的小孩，都是用這種氣氛迎接的嗎？

搞不好，我眼中理所當然的穿著打扮，在這種地方以武裝來說太過強勢。我嘆了口氣，腦中浮現「是不是把頭髮染黑再來比較好啊？」的念頭。但應該是我想太多了吧？

高中生不上不下。

如果是媽媽的年紀……不，大學生也可以。只要到了那個年紀，化妝、飾品、接髮、染髮都不會讓人覺得不自然。在水星高中我也是這副打扮，所以這年頭應該很普通吧——這些內心的自言自語，也幾乎要被現實裡同時到來的視線攻勢壓垮。

再一個深呼吸。冷靜點，我不是來這裡吵架的。

我們四人要睡在一間四坪大的和室。

看見房間角落的棉被，能確實感受到接下來的兩天要待在這裡。換句話說，我和淺村同學要睡在同一個房間。不，當然媽媽和太一繼父也在一起。咦？慢著，這麼一來，晚上睡覺、早上剛醒的模樣都會被看到。

……空房間只剩下這裡嗎？

「抱歉嘍，今年沒辦法專門為孩子們安排房間，因為啊——」

只剩這裡。

同時，紙門另一邊響起某人的聲音。

一個年約二十五六歲的男性走進來，身旁還有個年齡和他差不多的女性。

直覺告訴我，他們大概是一對，因為女性始終將目光放在旁邊的男性身上。

淺村同學叫他「幸助哥」。

據說是比淺村同學年長八歲的堂哥。也就是二十五歲？嗯，和我想像的一樣。然後他告訴太一繼父，他已經和身旁的女性結婚了。

「喔，這樣啊！恭喜啊幸助！」

繼父露出笑容。

淺村同學呆呆地張大了嘴巴，他看見出乎意料的東西時會露出這種表情。看來別說堂哥結婚了，他似乎連人家有交往對象都不知道。

太一繼父也向他們介紹媽媽。

還有我。

「這樣啊。你有了個妹妹呢，悠太。」

「啊，對。」

「什麼嘛，我還在想悠太是不是也結婚了。」

他用了調侃的語氣，可能在進房間時就猜到我是繼母帶來的妹妹了吧。

「哪有可能嘛？我還是高中生耶。」

淺村同學以冷靜的語氣回應，但是我知道，他心裡其實很慌張。

將行李放到房間角落後，繼父和媽媽便跟著繼祖母回到起居室向親戚們打招呼。

留下來的我們，則是重新和淺村同學的堂哥寒暄。

幸助哥和渚小姐，他們在大學是同一個社團的成員。聽到兩個人相識的經過，我才知道他們已經交往了很長一段時間。

還知道了沒辦婚禮只有先登記的理由。

幸助哥要調往海外——

渚小姐則要跟著過去。

所以婚禮還沒舉行。他們說手續太繁複，實在來不及趕在春天之前。老實說，我太小看婚禮了，沒想到不提前半年以上就訂不到符合期望的場地。

結婚真辛苦，我應付得了嗎？

……真要說起來，我以前甚至沒考慮過自己到底想不想辦婚禮。

眼前這對男女，在人生路上只比我們快了一點。

對於現在的我而言，已經近到可以拿他們比擬自己的未來。

想問的事好多好多。然而聊著聊著，淺村同學的表弟表妹就來了。

這兩個小學生是兄妹，髮色偏亮，五官端正，微笑起來可愛到會發光的兩個小孩。他們似乎很黏淺村同學，直接撲上去吵著要淺村同學陪他們玩。看起來招架不住的淺村同學答應了。

最後決定陪他們玩電玩遊戲，於是我們移動到有電視的房間。

幸助哥和渚小姐回到大人們在的房間，我們則窩在遊戲房。

此時淺村同學的表現，再次令我感到尊敬

看他把小孩子哄得服服貼貼，感覺好厲害，簡直就像個年輕爸爸。

如果將來有了小孩，淺村同學應該會成為這樣的爸爸。想到這裡，就覺得自己未免跳太快了，很不好意思。

更何況，一個人當不了爸爸，也生不出小孩。當爸爸需要有對象——就說了不可以讓妄想跳那麼遠啦。

堂弟堂妹玩起遊戲十分熟練。

我只有在真綾邀的時候才會玩，技術差也是理所當然的。不過我總覺得自己缺乏玩遊戲的天賦。

操縱小小廚師煎肉、切菜、甩鍋子、洗盤子。明明在現實裡已經做過很多次，換成這支小小手把卻抓不到竅門，完全做不好。

肉煎著煎著就煎過了頭，還順便把調理場也燒了。

「啊啊啊啊！」

「妳不會做菜？」

話語形成的箭矢刺在身上。嗚。

12月31日（星期四）　綾瀨沙季

好想哭。

一直對小學生的無心之言認真是撐不下去的。沙季，效法淺村同學，人家不就楊柳隨風擺嗎？

「不不不，美香，她廚藝很好喔。至於這個，因為是遊戲嘛。沒關係，綾瀨同學，下次再努力。」

「你這麼認真地幫忙辯解，反而很傷人。」

一想到都是因為我沒辦法像淺村同學那樣應付小孩子，就覺得不甘心。不過，究竟該怎麼應對才好，我完全不知道。

應付大人還簡單得多，我實在拿小孩子沒轍。現在我甚至敢說和工藤副教授爭辯都比較輕鬆。

我想起自己和他們差不多年紀時的事。當時的我，把周圍除了媽媽以外的大人全都當成敵人。

那時候的我，看到現在的我會有什麼感覺？想到這裡就害怕。

正因為自己見過大人討厭的一面，我對於在兩人眼裡應該是大人的自己沒有信心，「他們一定覺得我很討厭」這種毫無根據的念頭閃過腦海。

當人家喊「吃飯嘍」讓遊戲結束時，我的精神已經疲憊不堪。

儘管如此，但是接下來才是重點。

在大廣間聚餐時，理論上我和媽媽必須再次向淺村同學的親戚們打招呼才行。

若是念書、穿著打扮之類熟悉的事物，我或許還能表現得比較有自信，但是所謂的結婚少不掉這種親友往來，和孩子們建立關係也有必要。我不覺得自己能把這些部分做好。

在親戚全都到齊的大廣間，我們再次自我介紹。

接下來，則是將在場的每一位親戚介紹給我們。可是對不起，我完全記不住。

就在吃飽喝足、睡意上湧之際——

「那麼，差不多該出發了？」

繼祖父說完，大家紛紛站起身。

據說要去神社二年參拜。

雖然淺村同學說，如果很想睡也可以留在家裡睡覺，但我絕對不要一個人留在這麼寬敞的屋子裡。

「……我要去。」

12月31日（星期四）　綾瀨沙季

簡短回答後，我便跟著淺村同學移動。

幸好有他在。媽媽正盡心盡力要和太一繼父的雙親及其他親戚建立關係，沒有餘力顧我。我也不想扯媽媽後腿。

所以，要是沒有淺村同學，我勢必只能呆呆站在這這裡。

幸好有他。

二年參拜造訪的神社，是山上那個。

而且從停車場到拜殿據說要走兩公里。

夜晚的山路兩公里？到底要花幾分鐘啊？雖然不安，但我也不願照淺村同學說的留在車上等。

更何況——

「嗯，體驗後覺得很難受的話記得說一聲，下次會讓妳留在家裡等。」

這幾句無心的話，讓我好高興。他認為還有下一次。

雖然知道是為我著想，但是淺村同學居然說要留下我。

儘管夜晚的參道要走兩公里確實是種煎熬……

不過開始走之後，我卻覺得相當有趣。畢竟我本來就喜歡看老建築，即使沒有所謂的「歷史女子」那麼熱中，但我喜歡看著建築東想西想。

深夜雪景與神社的種種，令人興奮。而且能和淺村同學聊些相關話題，讓我原本低落的心情稍微好轉了點。

「妳對古老建築是怎麼變成如今的模樣很感興趣，對吧？」

聽到淺村同學這麼說，我恍然大悟。

因為我從來沒有像這樣客觀審視過自己的心理。

人看不見自己的模樣。或許，其實我並不了解自己是個怎樣的人。

我可能根本沒看見自己全副武裝的模樣。

如果真是這樣，該怎麼做才能保有適當的防禦力呢？

我怎麼知道自己沒有武裝得像隻刺蝟？我只是不想受傷，沒有要傷害別人。

單程走了約四十分鐘吧。途中過了零點，已經是新的一年。

抵達拜殿，我投入賽錢後合掌。

閉上眼睛，一年來的種種在眼底復甦。

這半年的記憶格外鮮明。

12 月 31 日（星期四）　綾瀨沙季

和媽媽一起搬進淺村同學家是六月的事。

遇上淺村同學，對我的生存方式造成很大的影響。在這之前，和生父的回憶讓我對男性有不少壞印象。正因如此，我不喜歡讓男性介入自己的人生。

我為了能一個人活下去而努力用功，卻也不想聽到人家說我只會讀書。

如今回想起來，會對淺村同學提出那種沒辦法用「一時鬼迷心竅」交代的丟臉交易，或許不單純是因為不想虧欠對方，也是想確認「男性」這種存在是否不值得依靠。

雖然拿自己的身體當賭注，以成本來說實在高了點。

淺村同學耐心十足地開導這樣的我。大概就是從那一刻起，我的路上開始有了他的身影。

我選擇淺村同學打工的地方打工，察覺自己的心意，為了掩飾而喊他哥哥。

這麼一回想，我就明白了。

我看似自己選擇自己的未來，卻受到他的存在擺布。

在校園開放日認識的工藤副教授，告訴我視野狹隘是理性與智慧的敵人。她說我該多了解其他男性。

不過，淺村同學終於向我告白了。

所以，距離特別近的無血緣兄妹——讓互動停留在這個範圍內吧。我透過這樣的磨合，壓抑自己想更進一步的心。

參拜結束後，淺村同學問我：

「妳剛剛祈求什麼？」

「光是回顧過去一年就很勉強了，沒空許願。」

他笑著說：「一樣。」此時他的眼神，彷彿剛剛釐清了什麼一般，顯得十分暢快。

看見這樣的眼神，我不禁心想——我喜歡他。

淺村同學在參拜前對我說了。「下次」。

相信他這番話的我，再次許願。

希望明年也能和淺村同學一起來。

12月31日（星期四）　綾瀨沙季

1月1日（星期五）　淺村悠太

讓心靈煥然一新。

儘管許了這種願望，元旦早晨醒來時，我卻感受不到半點平穩或清爽。

洗澡讓二年參拜而凍僵的身體暖起來之後，我鑽進被窩，一瞬間就滑落睡眠的深淵，連什麼時候閉上眼睛都不記得。雖然睡得很沉，醒來時最先感受到的卻是肌肉痠痛。小腿一帶的疲憊感特別重。

在留心地面避免滑倒的狀態下往返兩公里的夜間山路，任誰都會這樣。大家都這樣，我也這樣，腳痛可以說是理所當然的。

「小悠，吃飯了～！」

紙門隨著聲響拉開，是拓海。一大早就充滿活力，不愧是小學生。

拓海衝過來，用力掀開我的被子。

「吃飯～！」

「嗚喔！好冷！」

「再不吃就沒得吃嘍！」

「知道了知道了。幫我告訴他們這就去。」

「好～！」

然後他就跑走了，紙門也沒拉上。

天真無邪的小鬼頭，我心想。幸好是我的被子，如果是綾瀨同學的被子問題可就大了。

我頓時驚覺，回頭一看。這麼說來，綾瀨同學呢？

於是我發現，房間裡只剩我一個，其他棉被已經折好放在房間角落。

綾瀨同學明明那麼累，居然還早起。不愧是半年來只讓我看見一次剛睡醒模樣的人，毫無破綻。

換好衣服後，我前往大廣間。

「早安。」

說著，我環顧室內。這裡是昨晚舉行宴會的房間，房間裡有三張矮桌，上面擺著早餐。

祖父坐在上座，至於下座，也就是接近入口的位置，則是拓海他們。老爸坐在兩者之間。空著的位子在……老爸的旁邊和對面，我想老爸旁邊應該是亞季子小姐，於是坐到他對面——啊。

我突然注意到沒看見亞季子小姐等人，於是提起原本已經要坐下的屁股。幾乎就在同一時間，紙門拉開，祖母走了進來，女性們跟在後面，端著早餐的主角——放在淺盤上的年糕湯。之所以將年糕湯放到最後，大概是因為煮太久會化掉吧。

「坐著就行了，那麼大一個晃來晃去會礙事。」

結果被祖母唸了——

綾瀨同學把裝了年糕湯的碗放到我面前。

「坐著就好，**哥哥**。來，年糕湯。」

「啊，好。」

人家用眼神要我閉嘴，我只好乖乖坐到坐墊上。

睡得太過頭了……反省。

「不夠再烤，如果想直接吃剛烤好的我就拿過來。」

大家點頭回應祖母，然後吃起早餐。

年糕湯裡年糕的形狀，全國各地都有所不同，在老爸的老家是單純的薄片狀。

我以碗就口，讓碗傾斜並且用筷子將年糕和香菇從嘴邊撥開。山芹菜的香氣鑽入鼻腔，溫熱的液體從體內將暖意散布到全身，二年參拜強行軍帶來的疲憊似乎舒緩了點。

吃飯時，有件事一直令我很在意。

在我旁邊吃的綾瀨同學，筷子好像沒怎麼動。

說「開動」的時候，她看起來和往常沒什麼兩樣，不過仔細一瞧，卻發現她始終看著下方，偶爾還會嘆息似的吐氣。

吃飽飯且收拾完畢之後，我對坐在緣側的她搭話。

「可以坐旁邊嗎？」

「行啊。」

我在綾瀨同學身旁坐下，和她一樣，伸出腳對著庭院晃啊晃。

時間差不多了，於是我試探性地開口。

妳早飯時很沒精神喔。

也有可能是我誤會。不過就算是這樣，我還是很在意綾瀨同學的狀況，也覺得自己該在意，因為這裡並不是只有亞季子小姐，對於綾瀨同學來說，應該也算是客場。

綾瀨同學說：「沒這回事。」一如所料，於是我盯著她看。

她垂下頭，似乎是認了。

「我在想，怎麼新年才剛開始就不太吉利？只有一點點就是了。」

「咦，該不會是抽籤的事？」

她點頭。我吃了一驚。我原本以為她是不會被迷信左右的人，這個答案令我很意外。

「不是相信。我才不承認區區一張紙會具備左右人生的力量。」

「也就是說，妳在意到非得用這麼強烈的語氣不可。」

綾瀨同學「啊」了一聲。

「原來是這樣啊。也對……」

「唉，心情可能會受影響吧。這也是占卜留存到現代的理由。」

「或許不止這樣。淺村同……哥哥你——」

「怎樣？」

「有沒有設想過『占卜結果不可能實現』這種狀況？」

「絕對不會實現？」

「像是明天醒來變成女生之類的。」

「雖然很有趣，但要我對這種事有危機感……應該辦不到。」

「對吧？反過來說，之所以會在意，也就表示感覺到有實現的可能性。我排斥的部分，大概就是這點。」

也就是說，一想到我們——綾瀨同學和我的關係，就覺得那種用「大凶」形容也不為過的未來並非不可能。

要將她的話一笑置之很簡單。

像是「不過是區區抽籤嘛」、「已經把籤綁上去了所以不算」之類的。

不過，這麼做能讓她變得開朗嗎？

抽籤的吉凶，其實不是什麼大問題。占卜結果顯示的，其實是自己的心。將曖昧的神諭當成正確答案解釋、把枯掉的芒草看成幽靈——都是因為自己的心。

好啦，那該怎麼辦呢。

「要不要去散步？」

我對抬起頭的綾瀨同學這麼說。

「我有想推薦的景點。」

「你推薦的……有點想看。」

我們披上厚外套，走出家門。

我們沒走很遠。

雖說有積雪，但是踩一踩就會壓實，路面也很平坦。

即使如此，我還是不想勉強她，因此沿途一再強調「覺得累就說一聲」。詢問時我會看著她的臉，確認她有沒有逞強。

我們登上左右都是樹林的緩坡。這條是車道所以路夠寬，走起來很輕鬆。走到左方變成山崖時，便繞個大圈向右走。

前方是樹林的盡頭，眼前一片開闊。

「哇……湖。」

綾瀨同學輕輕倒抽一口氣。

樹林的彼端，能看見一座湖。

「可以再靠近一點喔。走這邊。」

我們走下數道剷過雪的石階，前方有間小屋。雖然不曉得用途，但這間破舊的屋子

打從我小時候就已存在。

下階梯處正好是樹林邊緣。再過去約十步路的範圍是還沒有任何人踩過的白色雪地，更往前便是湛藍的湖泊。

「繼續往前的話，要是滑倒會很危險。」

「嗯……好棒，就像鏡子一樣映出對面的景色。」

頭上的元旦天空，扣掉宛如貼在遠方森林頂端的白雲邊緣之後，是一片會讓眼睛看到發痛的蔚藍。沒有風，湖面不見半點漣漪，所以藍天、白雲，甚至是底下的黑森林，全都倒映在宛如明鏡的湖面上。

「不錯吧？」

「是啊……」

「我來這裡多半是冬天，夏天來過兩次，秋天紅葉時只有一次。不過，這片景色看不膩。映在湖面的景色，會隨著季節逐漸改變。」

「像是紅葉？」

「秋天是這樣。還有夏天的積雨雲、秋天的卷積雲，若是夜晚則會映出月亮和星辰。有風的日子，漣漪還會讓倒映的景色看起來像是在毛玻璃另一邊。」

「這樣啊……真棒，你推薦的地方好美。這裡很有名嗎？」

「啊，不，這裡不是什麼觀光景點……」

「所以，你是自己找到的。」

「偶然啦。小時候，附近真的什麼都沒有，小孩總是很快就會覺得無聊，對吧？幸助哥能陪我玩的時候還好，但他也沒辦法一直陪我——」

對，真的只是偶然。

大人們聚在一起時，我不想看見生母和大人們待在一起的模樣，於是一個人在外面晃來晃去，找到了這裡。那個人應對祖父母及親戚時雖然掛著笑臉，但是我很清楚，媽媽的態度只是裝出來的，因為和在家看到的媽媽相差太多，音調差很多、表情也差很多。

「不過嘛，也因為這樣，才找到適合打發時間的地方，算不上都是壞事吧。該說是因禍得福嗎？」

「淺村同學……」

「所謂的『大凶』啊——」

我不知道這種話能不能安慰她，但是沒辦法不說出口。

「綾瀨同學，妳現在……開心嗎？」

「現在……呃，不是指今天或昨天？」

「沒那麼近。呃，的確是問最近啦。」

隔了一段足以窺探自己內心的時間後，綾瀨同學回答。

「嗯，開心……應該吧。」

「我也是。」

她一臉驚訝。

「顯示現在狀態的占卜結果是『大凶』，這就表示，覺得『開心』的現況是最糟狀況吧？」

「咦、咦……？是這樣嗎……」

「理論上來說是這樣。所以啊，如果現在這種開心的時刻是最糟狀況，代表不需要擔心，因為事情不會比現在更糟，表示未來會比現在更幸福。」

「咦。呃……」

綾瀨同學當下似乎沒聽懂我說的話（這也是難免的。就連我自己也心知肚明是在狡辯），一時之間愣在原地。接著她緩緩回神——

然後笑了出來。

「噗……呵呵。這、這也太牽強了吧？」

「唉呀，我覺得這解釋很合理耶。」

「啊哈哈，『合理』用在這種時候好嗎？」

「不過，如果從這種角度來想，感到不安就顯得很蠢，對吧？換句話說，關鍵在於怎麼看待，占卜結果要怎麼正面解釋都行。」

「是這樣嗎……哈哈。」

綾瀨同學用手指輕拭眼角。呃，其實我也沒想過會讓她笑到流淚就是了。

「嗯，謝謝。讓你擔心了。」

「當然嘍……畢竟是自己喜歡的人嘛。」

喜歡的人。

「淺村同學……」

「就我的角度來說，實在不想看見來到這裡的妳逞強忍耐。」

就像那個人一樣。

「嗯，我也覺得來到這裡真好，畢竟看到了你和年紀比自己小的弟弟妹妹——拓海

1月1日（星期五）　淺村悠太

和美香他們是怎麼相處的。」

「我？」

「嗯，真是個好哥哥。反倒是我完全不行，沒辦法像你那樣與他們相處，因為我想不起來自己以前希望父母怎麼對待我。」

這回輪到我驚訝了。

對喔，記得她說過，以前他們家幾乎沒和親戚來往。

此時我想到的，則是和綾瀨同學一起去她朋友——奈良坂同學家裡的事。

『真是個幸福的家庭，大家感情好好。』

當時綾瀨同學是這麼說的。「大家」這個詞的分量，比我所感受到的還要重。

我有幸助哥和拓海、美香。回頭一想，雖然我的朋友不多，但是我有很多要好的親戚。

但是綾瀨同學除了亞季子小姐之外，沒有任何人。

「我不知道該怎麼和那兩個孩子相處。我從來沒有這種經驗，所以有點害怕。」

於是我對她說：

「既然如此，不用急也沒關係。慢慢來，這種事時間自然會解決。」

「慢慢來……」

「我想，應該不需要那麼焦急，現在不完美也無妨，雖然會擔心這樣下去我們沒辦法成為合格的大人就是了。所以，一起成長吧。」

「一起……」

「對。」

我點點頭，綾瀨同學把手放在胸前，輕輕頷首。她輕撫著手腕上那個我沒見過的手鐲。

「好漂亮的手鐲。」

「嗯……漂亮吧。」

看得出她十分珍惜。

此時隱約聽到的低語是——

不該說什麼「想不起來」吧……

一時之間，我們什麼都沒說，只是默默看著像鏡子一樣的湖。

起風之後有點冷，於是我們轉身離開。

背後，原先清楚映在湖面上的風景，已經被關到毛玻璃的另一邊。然而我們沒看見

這一幕就已回到家裡。

當天晚上，吃過晚飯後。

我和綾瀨同學陪拓海和美香玩與昨天不一樣的遊戲（比賽所需技巧包含妨礙其他車輛在內，是一款相當刺激的賽車遊戲）。

這款遊戲似乎比昨天的適合綾瀨同學，她贏了我好幾次。不過拓海看起來玩得很熟，沒人能贏他。即使美香玩到快哭出來，拓海也不肯手下留情，這種時候不得已，只好讓拓海休息，由我和綾瀨同學陪美香玩。如果對手是我們兩個，美香也有機會贏。

白熱化的戰局持續約兩小時，兩個小學生玩到一半就開始打瞌睡了。

小學生的體力看似無限，玩的時候卻會連預備的部分也用光。能量耗完之後，兩人倒頭就睡。他們就是這樣的生物。

「唉呀呀，睡覺也不回自己的棉被裡，真讓人頭痛呢。」

佳奈惠姑姑嘆了口氣。

「沒關係，我和悠太送他們過去。」

拓海由幸助哥背，美香由我背。綾瀨同學雖然也說要幫忙，不過我告訴她這種費力的事交給我們之後，她就心不甘情不願地退讓了。

她表示要先回房間，隨即走向淺村家（雖然現在這棟房子裡都是淺村家的人，換句話說是淺村太一一家）四人睡的房間。幸助哥看著她離去的背影，微微一笑。

「她是個好孩子。」

「對，她是我引以為傲的家人。」

這句話脫口而出。

幫兩個小孩蓋被子的事交給姑姑，幸助哥直接前往大人們所在的大廣間，我則是走向廚房，打算填一下空出來的肚子。

雖然去大廣間也有得吃，但是被逮到就得一直聽他們講話。

往廚房移動的途中，我聽到祖父母與老爸的聲音，於是停下腳步。

聲音來自祖父母的寢室。

「和她之間怎麼樣？」

祖父擔心的聲音響起，接著提到我的生母。我驚訝地倒抽一口氣。明明和亞季子小姐處得很好——

為什麼事到如今，還要提起那個人？

生母是個很會做表面工夫的人，她從來不會明著與祖父母起衝突，面對兩人時總是掛著笑容。所以決定離婚時，祖父母相當吃驚。

老爸沒有對周圍的人多談，而是用自己也有錯為她緩頰，但我實在沒辦法對生母有好感，畢竟人家離婚半年就和外遇對象再婚了。此後毫無音訊。

祖父說，他雖然容許老爸再婚，卻還沒有完全放心。亞季子小姐外表比我的生母來得漂亮，似乎也是讓祖父難以安心的理由。

道理我能明白。老爸為我介紹亞季子小姐時，我也曾擔心他是不是被騙了。

生母表面上老實又沒和祖父母起過衝突，老爸與她的婚姻破裂在祖父眼裡毫無前兆。相較之下，亞季子小姐外表搶眼，工作內容雖然正經卻也是某種「晚上的工作」。對於和都會種種燦爛景象無緣的祖父來說，怎麼看都覺得她比前妻更不適合兒子太一。

儘管祖母在旁邊打圓場，祖父依舊用質疑的口吻逼問老爸。然後他還說，女兒沙季的外表也和亞季子小姐一樣搶眼，而且態度冷淡，所以他才擔心。

說到這個地步，老爸終於無法繼續保持沉默。

「沒問題，亞季子和沙季都不是爸爸您擔心的那種人。」

講得斬釘截鐵。

儘管老爸態度堅定，但是祖父依舊沒有退讓。

「話是這麼說啦。你覺得很好，但是悠太呢？就讀高中的兒子，突然有了媽媽和妹妹，難道不會被她們耍著玩嗎？」

「沒這回——」

「太一，你能保證嗎？」

「…………」

老爸之所以沒說話，大概是因為他沒虛偽到會擅自代表兒子發言。可能就是這種老實的個性，使得他和我的生母合不來，卻也因此和亞季子小姐在一起吧。現在的我會這麼想。

方才老爸堅定的態度掠過腦海。

我隔著紙門出聲。

房間內的爭論停了下來。

我報上名字並拉開紙門，走到祖父面前。

「我對於老爸和亞季子小姐結婚沒有任何不滿。」

祖父瞪大眼睛。

「悠太……」

「對於**沙季**也一樣。」

現在不能稱呼她綾瀨同學。

無論如何，現在都需要使用一個能夠確定是她本人的稱呼——最重要的是，我要強調，自己已經接納她成為一家人。

「她並不是爺爺所想的那種人，雖然她不太擅長與人相處就是了。而這點……我也一樣。沙季她溫柔、誠懇——而且很努力。」

「悠太……」

老爸眼裡似乎泛起了淚光。

祖母在旁插嘴。

「源太郎，那個啊，拓海他有告訴我喔。他說他教沙季玩什麼什麼遊戲，雖然技術爛到看不下去，但是沙季非常認真地學，所以教起來很有成就感。」

要在內心苦笑的同時維持臉上的嚴肅表情，實在很難。

「也就是說，她在面對拓海時非常認真，對不對？」

「唔，嗯。」

「更何況源太郎你在沙季面前，也是板著一張臉吧？」

「呃，可是她把頭髮染成那種閃亮亮的——」

「那種程度，現在很普通啦，普通。佳奈惠以前明明也染得紅通通啊。」

祖母以責備的口氣這麼說完後，祖父緊抿著嘴一語不發，也不知道是認為自己講不贏，還是姑且接受了這個說法。

祖母瞇起眼睛看向我。

該怎麼講，有點尷尬。

「嗯。這樣啊……嗯，唉，我知道啦。既然你都這麼說，那應該就是這樣了吧，悠太。不過沒想到悠太這麼成熟啊。」

「那就沒問題了吧，源太郎？」

「是啊，知道了，我暫時不會再多說什麼……悠太，你生日已經過了吧，現在幾歲啦？」

「十七。」

「這樣啊，明年就要成年……已經到能娶妻的年紀了呢，而且這麼可靠。」

「娶妻……還早啦。」

「不過，幸助也是突然就結婚的喔。」

祖母大概是看我什麼話都說不出來很可憐，幫忙岔開話題。

「好啦好啦，就是這樣。已經夠了吧，源太郎？」

「是啊。太一，喝吧。咱們繼續。」

「咦……我沒辦法喝那麼多啊。何況明天還要開車。」

老爸嘴裡嘀嘀咕咕。兩人回到大廣間，同時我也走回房間。

我躺進被窩裡，回想剛剛發生的事。

就算──就算，我和綾瀨同學的事穿幫了。

而且親戚們並不是完全樂見這段關係，那也無所謂，只要像老爸那樣堅決貫徹自己的態度就好。

加油吧。加油喔──沙季。

1月1日（星期五）　綾瀨沙季

我趕緊熄燈，鑽進被窩裝睡。

心跳還沒平復，拉開紙門的聲音已經響起，能夠感覺到淺村同學鑽進被窩裡。我們的棉被分別在房間兩端，中間是父母的被子。

這樣能避免對於彼此睡在同一個房間的事太過在意，而且只要別將臉朝向他那一邊，便不會暴露毫無防備的睡臉。就是這樣的距離。

應該沒穿幫吧？

心臟狂跳。心跳聲在耳邊揮之不去，沒有要靜下來的意思。

臉頰好燙。明明窗外氣溫在冰點以下，裹著棉被的身軀卻燙到不行。

我怕粗重的呼吸聲被聽到，於是用棉被把頭蓋住。

『沙季她溫柔、誠實——而且很努力。』

他說了。

他絕對是這樣說的。而且，他說「沙季」。沙季。

不是綾瀨同學。

剛剛要去上廁所時，我注意到淺村同學還沒睡。但是，睡昏頭的我沒有多管，只想著「喔，他不在啊」就走出房間。

對這間屋子不太熟的我，穿過長長的走廊回來時，聽到紙門另一邊傳來淺村同學的聲音。

我沒有要偷看的意思。

只不過，我下意識地靠了過去。

聲音很清楚。

他以堅定的聲音說。

他對於媽媽和太一繼父結婚沒有任何不滿。

不止這樣。他還為我辯解。雖然不曉得讓他說出這種話的前因，可是——

溫柔、誠實，還有努力。沒想到他會這樣形容我。聽了後甚至讓人有點不安，我是那麼了不起的人嗎？

我好開心。

同時也感到害怕。

我還沒做過讓人喜歡的訓練。

對於那種想找機會攻擊我的對手，只要「武裝」就好。

面對想和自己好好相處的人，要換上能讓對方喜歡的裝備——我過去從來沒有這種念頭。

畢竟我一直想著要一個人過活，這也是理所當然的。

我以前不認為有必要和誰打好關係。

這種想法大概是在半年前崩解的。

我對你沒有任何期待，所以希望你也別對我有任何期待。

對淺村同學這麼宣告時，我根本沒想過他會喜歡上我。不僅如此，我與太一繼父和睦相處，也只是因為害怕破壞媽媽的幸福。

可是，淺村同學不但回應我所提出的磨合契約，還花了很長一段時間和我仔細溝通。

我在不知不覺間喜歡上他，更明白太一繼父除了是媽媽的結婚對象之外，也是個好人。

從那時起，我漸漸有了「喜歡的人所珍惜的人，我也要好好珍惜」的想法。

這次繼父返鄉，我要找理由逃避應該也做得到。

可以說還要讀書，也可以說還有打工。我想，只要我說不想來，他就不會勉強我一起來。

我是主動說想來的。

就像繼父在來時路上所說，一家四口全員到齊的旅行，今後不見得還有機會。而且媽媽告訴我，繼父和長野老家及其他親戚關係非常好。

喜歡的人所喜歡的人。如果可以，我希望自己能夠喜歡上他們，也希望他們能夠喜歡我。

但是，沒有血緣又住得很遠的親戚，相處起來比我一開始想的還要困難。

「再婚對象的親戚」這種距離，導致身為外人的我難以直接磨合，了解彼此需要花時間。這段期間，我希望有個人成為我的盾牌，幫助我適應「親戚」這個比「家庭」還要大的社群——希望有個人扮演這種「防波堤」的角色。

這一次，淺村同學就成了「防波堤」。

或者該說「緩衝材」？我想，當時在場的太一繼父也一樣。

多虧了他們，繼祖父嚴厲的目光，明天起應該會變得柔和一點吧？光是看待我時不抱偏見，就能讓我不再那麼緊張。

當然，等到他要和我的親戚往來時，就輪到我成為防波堤了。

明明早已決定要一個人活下去，卻在不知不覺間變得想走在某個人身邊。走在某個人——淺村同學的身邊。

我試著把注意力放到房間外，發現走廊一片安靜，沒有人靠近。媽媽和繼父應該都忙著大人之間的交流吧。現在這個房間裡，只有我和淺村同學。

我輕輕掀開被子，爬向他的被窩，然後伸手碰他的肩膀。沒有磨合而是單方面碰觸對方身體，實在不像我的作風。更別說還處於不曉得什麼時候會被雙親看見的狀況下。

我只是因為自己想這麼做，才擅自順從心意，輕聲說出他的名字。

「謝謝你，悠太。」

在無限接近零的距離，我靠向他寬大的背，溫暖與愛憐彷彿透過手掌流進我的體內。

理性宛如冰晶融化一般，扭曲成不整齊礦物般的難看模樣。

但是此刻，就連這樣的扭曲也顯得無比可愛。淺村同學身體變得緊繃，在他困惑地回喊我的名字前，那漫長到近似永遠的數秒，我始終貼著他的身軀一動也不動。

後記

感謝您購買小說版《義妹生活》第六集。我是YouTube版原作者&小說版作者三河ごーすと。這回的後記，想來無論如何非得提到「那個新聞」不可吧。

——沒錯，就是動畫化。日前，「義妹生活」系列的TV動畫化拍板定案，宣布會以「YouTube版配音陣容沿用」這種最棒的形式動畫化。非常高興能將這個天大的好消息告訴各位，一切都是多虧了支持「義妹生活」到今天的大家，真的很感謝各位。雖然離播放還有段時間，不過敬請期待那一天的到來嘍。

以下是謝辭。插畫Hiten老師、聲優中島由貴小姐、天﨑滉平先生、鈴木愛唯小姐、濱野大輝先生、鈴木みのり小姐、包含影片導演落合祐輔先生在內的每一位YouTube版工作人員，責編O編輯、漫畫家奏ユミカ老師、所有關係人士，以及各位讀者，感謝你們——以上，我是三河。

從「兄妹關係」逐漸轉變

第一次的過年，悠太與沙季在回顧的同時縮短了距離。

描繪真實的兩人

經過和親戚們的往來即使體會到並非任何人都樂見的關係有多難維持，沙季依舊開始追求與悠太之間的互動。

儘管是特別的活動，然而在自家外度過的時間，對兩人來說反倒無法有些像情侶的互動，成了一段感受到距離的心焦時間。

接觸到「追求自我本位的幸福」這種價值觀時，向來壓抑的兩人，採取了某種行動——

情人節、前往海外的校外教學，旅途中的新邂逅與發現。

戀愛生活小說　第7集

《義妹生活》第七集　預定發售！

國家圖書館出版品預行編目資料

義妹生活 / 三河ごーすと作 ; Seeker 譯 . -- 初版 . --
臺北市 : 臺灣角川股份有限公司 , 2023.07-
冊 ; 公分 . -- (Kadokawa fantastic novels)
譯自 : 義妹生活
ISBN 978-626-352-693-8(第 6 冊 : 平裝)

861.57 112007617

Kadokawa Fantastic Novels

義妹生活 6

（原著名：義妹生活 6）

2023年7月27日　初版第1刷發行

作　者：三河ごーすと
插　畫：Hiten
譯　者：Seeker

發 行 人：岩崎剛人
總 編 輯：蔡佩芬
編　輯：邱瓈萱
美術設計：李思穎
印　務：李明修（主任）、張加恩（主任）、張凱棋

發 行 所：台灣角川股份有限公司
地　址：104台北市中山區松江路223號3樓
電　話：（02）2515-3000
傳　真：（02）2515-0033
網　址：www.kadokawa.com.tw
劃撥帳戶：台灣角川股份有限公司
劃撥帳號：19487412
法律顧問：有澤法律事務所
製　版：巨茂科技印刷有限公司
ＩＳＢＮ：978-626-352-693-8